―書き下ろし長編官能小説―

地元は人妻ハーレム

鷹澤フブキ

竹書房ラブロマン文庫

目次

※この作品は竹書房ラブロマン文庫のために
書き下ろされたものです。

プロローグ

「それでは、我が商店会に藤原優矢（ふじわらまさや）くんが入会したのを祝って……乾杯っ」

「かんぱーいっ」

賑（にぎ）やかな声があがると同時に、二十人ほどの参加者たちがいっせいにグラスの縁（ふち）を重ねる音が響いた。

それはまるで宴席のスタートの合図みたいだ。

盛りあがりに乗りおくれまいと、中腰になって離れた席の者のグラスに手元のグラスを合わせていく参加者もいる。

商店会を母体として、その後継者たちで構成された「跡継（あとつ）ぎの会」もある。今夜の席を企画したのは跡継ぎの会だ。

乾杯の音頭を取ったのは、「跡継ぎの会」の会長だった。

そろそろ還暦に手が届こうかという会長は、商店会の中でも一番古株の衣料品店の主で三代目だ。

参加者は三十代から五十代の働き盛りの世代が中心になっている。

そのほとんどが男性で、女性は数えるほどしかいない。遅れてくる参加者もいるので、まだところどころ席が空いている。

今宵の主役は、中央に座った優矢だ。

二十九歳の優矢は、大学卒業と同時に就職した電気関係の会社を先月末で依願退社した。

都内でひとり暮らしをしていたワンルームのマンションを引きはらい、両親が電器店を営む郊外のベッドタウンにある実家に戻ってきたばかりだ。

これは優矢が子供の頃から、なんとなく思い描いてきたことだった。ただそれは、もう少し先のことだと考えていた。

昨年、父親が体調を崩して入院した。入院自体は短い期間だったが、心細さを隠せずにいる母親の姿を見て、優矢は腹を括った。

ひとりっ子の優矢にとって、両親が経営してきた家業の電器店を継ぐのは人生の既定路線になっていた。

同じ商店街で生まれ育った、年長の幼馴染みたちの生きかたを見てきたからかも知れない。

郊外のベッドタウンは古くからの住民が多いが、再開発に伴い新しい住人もどんどん流入してくる。

大型の店舗に押され気味だが、古くからの馴染み客もついているため商機はまだまだある。

遅かれ早かれ、いずれは引き継ぐことになる。それならば、独り身のほうがフットワークが軽い。

「では、今夜の主役からも挨拶を」

会長から促されて、優矢は立ちあがった。注がれる視線を感じると、身体が強ばるのを覚える。

「このような席を設けていただいて恐縮です。来週から本格的に仕事をはじめる予定です。改めてご挨拶には伺いますが、今後とも何卒よろしくお願いします」

歓迎会が開かれると聞いてから、胸の中で何度も予行練習した言葉を口にする。周囲は年上ばかりだ。アドリブを交える余裕などとてもない。

言い終えると、深々と頭をさげて腰をおろした。参加者たちはうんうんと頷き、拍手を送ってくれた。

どうだったと感想を求めるみたいに、隣の席に座る臼井由紀夫に視線をやる。

由紀夫は大丈夫だと言うように、大きく一度頷いてみせた。

「じゃあ、もう一回、乾杯しようか」

そう言うと、由紀夫はビールが注がれたグラスを差しだした。

それにつられるように、目の前のグラスに手を伸ばす。

薄い縁を軽く合わせると、グラスがチィンという澄んだ音を奏でた。

「いやあ、マジで俺は嬉しいんだよ。このご時世、親の店を継ごうなんて、なかなか決心できるもんじゃない」

由紀夫は聞こえよがしとも思える称賛の言葉を並べた。優矢より三歳年上の由紀夫も、祖父の代から続く酒店の後継者だ。

飲食店や贔屓客の元への配達が多いためか、身長はそれほど高くはないが胸板や二の腕が逞しい。

低い声もよく通り、いかにも商売人という感じだ。

古参の店の跡継ぎということもあるが、商店会の運営などにも積極的なこともあって、会では重宝されていると両親から聞いていた。

本人も自分の立ち位置はよく理解しているようで、この歓迎会でも盛りあげ役を担っているようだ。

しかし、大袈裟に誉めそやされると、なんとも面はゆい気持ちになってしまう。

「まあ、僕はひとりっ子ですし……」

優矢は照れを隠すように、ぽそりと言った。

「ひとりっ子だろうが、子沢山だろうがそんなことは関係ないって。継ごうって気持ちが大事なんだよ。ここにいるのは、そういう殊勝な気持ちを持った仲間。我が商店街の二代目、三代目の有志なんだ」

「はっ、はあ……」

グラスの縁からいまにも溢れそうなほど、なみなみと注がれたビールに口をつける。

由紀夫は子供の頃はガキ大将だった。よく言えば面倒見がいい親分肌。悪く言えばお山の大将なのは、子供の頃から変わっていない。

「せっかく地元に戻ってきてくれたんだ。商店街の発展に是非とも一役買ってくれよ」

半分ほどになった優矢のグラスに、すかさず瓶ビールを注ごうとする。由紀夫の強引なところは相変わらずだ。

優矢は愛想笑いを浮かべた。このまま由紀夫のペースに巻き込まれたら、酔いつぶれてしまいそうだ。

「もうっ、今夜の主役が困ってるじゃない」

少し甘さを感じる心地よい声に、優矢ははっとした。声のほうに視線を向ける。

「なっ、菜穂……？」

「なによ、びっくりした顔なんかしちゃって。そうよ、菜穂よ。まさか、この顔を忘れちゃった？」

「いや、忘れてはないけど……。どうして、ここに」

「どうしてって、いやあね、わたしだって跡継ぎなのよ。この会のメンバーだからに決まってるじゃない」

驚きを隠せずにいる優矢に、小川菜穂は涼やかに笑ってみせた。菜穂は優矢よりも二歳年下の二十七歳だ。

彼女の実家は、商店街の中でフラワーショップを営んでいる。

物心がついた頃には、彼女は商店街の子供たちの後をちょこちょこと追いかけていた。

幼い頃は肩にかかるかかからないかのボブカットで、駆けるたびに黒髪がさらさらと揺れていたのを覚えている。

小ぶりで愛らしい口元の印象と相まってか、子供心に日本人形みたいだと思った記憶がある。

その面影は残ってはいるが、目の前にいる菜穂はすっかり大人の女に成長していた。菜穂の姿をしみじみと眺めたのは、どれくらい前のことだろう。

かつてはボブカットだった黒髪は、ロゼっぽいブラウンに染められ、胸のふくらみの頂の下まで伸びていた。

毛先だけを緩やかにカールさせたヘアスタイルが大人っぽさを漂わせて、優矢をどきりとさせた。

仔猫を思わせるような、くりっとしたアーモンド形の瞳。小鼻が控えめな、すっと筋が通った鼻。

小さめだけれど見るからに柔らかそうな唇は、パールがかったチェリーピンクのルージュで彩られていた。

濃紺のジャケットからのぞくパステルピンクのブラウスが、彼女の周囲に漂う雰囲気をいっそう優しいものにしている。

ジャケットの上からでも乳房のふくらみがわかる。小柄なのにこんもりとした双乳が、上着の前合わせを盛りあげている。

Dカップ、いやEカップくらいはありそうだ。こんな場所で異性の身体に露骨な視線を注いではいけないと思っても、ついつい心惹(こころひ)かれてしまう。

「おおっ、菜穂、やっと来たか」

由紀夫が嬉しそうに声を弾(はず)ませた。

「ごめんなさい。お店の片づけに手間どっちゃって」

菜穂は胸元で両手を合わせて、ちょこんと頭をさげた。

「いいって。商売をやってりゃ、待ちあわせに遅れるのもしかたがないって」

茶目っ気を感じさせる仕草に、由紀夫がたちまち相好(そうごう)を崩す。春の花を思わせる、柔らかなブラウスの色が宴席に華(はな)を添えるみたいだ。

由紀夫は隣にいた男にひと席ずれるように身振りをすると、優矢との間の隣の席に座るように手招きをした。

「今夜の主役の隣に座っちゃっていいのかしら？」

少し意味深に思える彼女の言葉に、どくんと高鳴った心臓がもう一度大きく鼓動を打った。

「結局、みんな口実をつけては呑みたいだけなのよね」

肩を組んで意気揚々と遠ざかっていく由紀夫たちの後ろ姿を見ながら、菜穂がやれやれと言うように声を潜めた。

一次会は居酒屋だったが、二次会はスナックだった。どちらも商店会の仲間が営む店だ。

飲食店を経営していれば、定休日以外は商店会の会合に参加するのは難しい。また少しでもお互いの営業の助けになれば、というのが会の意向でもある。

そこで、会合を行う場合は会員の飲食店で順番に行うのが、暗黙の了解になっていた。他の業種も同じだ。酒を頼むならば由紀夫の店。花は菜穂の店に頼むことになっている。

電器製品の購入やメンテナンスなどは、優矢の実家が請け負うことになっていた。そのため業種を問わず、商店会には少なからずかかわらなくてはいけなくなっていた。

二次会までは参加したが、次の店に行こうというのは遠慮した。まだ退院して間もない父親の体調を考慮してのことだ。

菜穂も翌日の準備があるからと断った。

二次会のスナックは商店街の外れにあった。菜穂を送るために、シャッターをおろした商店街を歩いていく。

　由紀夫たちがいた時には、はしゃいだ声をあげていた菜穂はふたりっきりになった途端(とたん)、急に言葉数が少なくなった。

　シャッターが閉ざされた商店街は、屋根がついていることもあってそこはかとない閉塞感(へいそくかん)が漂っている。それがいっそう口数を少なくさせるみたいだ。

　久しぶりに会った二歳年下の幼馴染みにかける言葉を探すが、うまいフレーズが浮かんでこない。

　空回りする胸のうちをよそに、商店街を覆(おお)う屋根に跳ねかえるカツカツという渇いた靴音だけがリズムを刻む。

「あっ、あの……」

「あのさ……」

　同時にふたりの口から言葉がこぼれる。そのタイミングが絶妙で、急に緊張の糸がほどけた。

「もうっ、いやだ……。ふたりっきりになった途端、無口になっちゃうんだから」

　恥じらいをごまかすように、菜穂は笑ってみせた。

　ルージュで彩った口元から白い歯がのぞく。唇の端をきゅっとあげた笑いかたに、胸がきゅんと切なくなる。

子供の頃の菜穂は、少し人見知りなところのある女の子だった。

商店街の子供たちは両親が働いていることもあり、年長者が率先して年少の子供たちの世話を焼いていた。集団登校や学童保育の延長みたいな感じだ。

そんな子供たちの中でも、小柄でおとなしかった菜穂は皆の妹的な存在だった。

男の子というのは不思議だ。好きな女の子や気にかかる女の子には意地悪をしたり、ちょっかいをかけたくなる。

可愛いと思えば思うほど、素直になれないのだ。

男の子からからかわれると、菜穂は少し困った顔をみせた。

そんなときは、くるんと巻いたまつ毛がぱちぱちと音をたてそうなほど瞬き（まばた）きを繰りかえす。いじらしさを感じさせる表情。

それがなんとも可愛らしかった。

家が近いということもあり、菜穂は特に優矢に懐（なつ）いていた。

彼女が些細（ささい）な悪戯（いたずら）に困惑の表情をみせるたびに、血相を変えて男の子を追いはらった記憶がある。

「ねえ……」

そう言うと、菜穂は足を止めた。

ほっそりとした指先が優矢の頭に伸びてくる。

品のいいパールがかったピンク色のマニキュアを塗った指先が、優矢の前髪を梳くみたいにかきあげた。

「やっぱり、傷痕が残っちゃったね」

「ああ、そんなこと気にしてたんだ」

「だって、わたしのことを庇ったから……」

菜穂の眼差しが優矢を射貫く。申し訳なさそうな表情を見ていると、胸がきゅんと締めつけられるみたいだ。

それは不快なものではなく、青春時代特有の甘ったるさを含んだものだった。

「あれは菜穂のせいじゃないよ。悪いのは菜穂の玩具を取りあげたヤツなんだからさ」

脳裏に幼い頃の光景が蘇ってくる。

あれはまだ菜穂が小学校低学年の頃のことだ。学校が終わり、商店街の子供たちはいつものように公園で遊んでいた。

菜穂が手にしていた玩具を強引に取りあげて、ジャングルジムに登った同級生がいた。

「だめーっ、返してぇーっ」

　菜穂は取りもどそうと慌ててジャングルジムに登ったが、足元をすべらせて地面に激突しそうになった。

　そこに飛びこんで、落ちてくる菜穂を受けとめたのが優矢だった。優矢は日頃から二歳年下の菜穂を気にかけていた。

　悪戯っ子を止めなくては、と思った矢先の出来事だった。とっさに身体を投げださなければ、菜穂は大怪我をしていたかも知れない。

　菜穂を受けとめることはできたが、その代償として優矢はジムの骨組みに頭部をしたたかに打ちつけた。

　救急車で運ばれた病院で、ぱっくりと割れた頭部を七針縫われた。前髪で隠れる前頭部には、そのときの傷がはっきりと残っている。

「大丈夫だよ、髪の毛で見えない場所だからさ。逆に菜穂が怪我をしていたらと考えたら、いまでもぞっとするよ」

　その言葉に嘘はなかった。

　そのときの傷は名誉の勲章みたいなものだと思っている。

「本当に優しいんだね。だから、わたし……」

「わたし……？」

「優矢くんのこと……ずっと……」

菜穂は視線をすっと逸らすと、言葉を濁した。

ひとりっ子同士ということもあって、優矢は菜穂を妹のように可愛がっていた。それは中学校や高校に進んでも変わらなかった。

子供の頃から勉強を見てやることもあったが、菜穂が高校生になる頃には彼女の両親の頼みで週に二度ほどは家庭教師の真似事もしていた。

幼馴染みといえ、年頃になれば男女を意識しないはずがない。

特に菜穂は事故から守ってもらったことが記憶に強くすり込まれているのか、優矢を特別な相手として見ているようだった。

だが、優矢はあえてそのことから目を背けていた。いまのままならば、菜穂と兄妹のような関係でいられる。

一歩踏みこむことによって、それまで築いてきた関係が壊れるような気がしたからだ。そんな関係に変化が訪れたのは、菜穂が高校を卒業したばかりの頃だった。

〈ねえ、バレンタインデーのお返しはくれないの？〉

ホワイトデーの前日、ケータイに届いた菜穂からのメールに、優矢は苦笑いを浮かべた。

小学生の頃から、彼女はバレンタインデーには手作りチョコレートを手渡してくれる。大学進学が決まった高校三年生になっても、それは変わらない。

いつまで経っても、僕にべったりなんだな……。

バレンタインデーには高校三年生だった彼女も、ホワイトデーを迎える日には高校を卒業していた。

高校生以上、大学生未満。彼女の立ち位置は、ほんのひとときしかない微妙なものだ。

ホワイトデーの当日、優矢は大学の帰りにお返しを携えて、菜穂の自宅を訪ねた。

優矢の実家と同じく、彼女の家は店舗を兼ねている。店の営業時間ということもあり、母屋に両親の姿はない。

勉強を教えていたこともあって、菜穂の部屋に行くことは当たり前のようになっていた。

カーテンやベッドカバーや小物類がピンク色で統一された、いかにも女の子らしい部屋だ。

菜穂がカップに入ったコーヒーを差しだす。

アイボリーのふんわりとしたセーターに、赤いミニスカートといういで立ちだ。スカートから伸びた、すらりとした足にはハイソックスを履いている。

高校生のときにはマニキュアを塗ってはいなかった指先には、きらきら光るラメが入ったネイルが施されている。

子供の頃から淡いピンクのリップをつけているような色合いの唇にも、ほんのりと赤みを帯びたルージュを塗っていた。

それだけで、なんだか急に大人びてみえる。優矢はばくんと音を立てる心臓の鼓動を悟られないように、ポーカーフェイスを装った。

「はい、バレンタインデーのお返し」

綺麗にラッピングされたホワイトデーのプレゼントを手渡す。いままではキャンディーなどのお菓子だったが、今回は卒業祝いも兼ねていた。

「えっ、ペンダント。いいの、もらっちゃって」

ラッピングをほどいた菜穂が声を弾ませる。

机の上に置いている鏡に向かうと、さっそくペンダントを着け、小首を傾げるようにポーズを取りながら嬉しそうに眺めている。

「ねえ……」

菜穂が優矢のほうを振りかえる。

「お返しのお返しをしちゃおうかな……」

色白の頬がほんの少し薄紅色に染まっている。綺麗な孤を描く瞳で見つめられると、視線をかわすことができなくなる。

菜穂の身体がゆっくりと近づいてくる。

身体を乗りだして勉強用のノートをのぞき込んでいたときには、もっと接近したこともある。

それなのに、心臓の鼓動が速くなる。

優矢の口元めがけて、形のよい唇が少しずつ近づいてくる。優矢は心臓の鼓動を抑えながら、彼女の所作を見守った。

唇がいまにも重なりそうなところで、彼女はすっとまぶたを伏せた。

そのまぶたが戸惑いを表すみたいに、小さく震えている。

自分から唇を前に突きだせば、唇が重なるはずだ。それなのに、身体は微動だにできない。

わずかな時間が長く感じられる。乱れてしまいそうになる呼吸に気付かれないように、呼吸を押し殺す。

　ふにゅっ……。

　柔らかな感触で唇が触れた。優矢にとって、生まれてはじめてのキスだった。自分の指先を押しあてて、キスの感覚を妄想したことは何度もある。はじめて触れた異性の唇は、指先とは比べものにならないほどに柔らかくしっとりしていた。あまりにも唐突すぎる口づけに、それを受けとめるのが精いっぱいだ。

　菜穂も唇を押しあてたままだ。

　唇を重ねるだけの幼さが漂うキス。触れあっているのは唇だけなのに、彼女の体温や揺れうごく感情が伝わってくるみたいだ。

　あっ……。

　優矢は小さく喉を鳴らした。下半身がじぃんと熱を帯びる。

　男の身体は正直だ。頭では可愛い妹のように思っているつもりでも、下腹部はそうは思っていない。

　このときほど、それを実感したことはない。コットンのパンツを穿いた下半身が反乱を起こしている。

　トランクスの中身が、むくむくとふくらんでいくのを感じる。焦れば焦るほど、肉柱に血液が流れこんでいく。

　パンツのファスナー部分がぎちぎちに張りつめている。押さえつけられている若茎が窮屈そうに自己主張する。

　はあっ……。

　息苦しさを訴えるみたいに、菜穂の唇から切ない吐息が洩れる。女の子っぽい甘さを感じさせる口臭に、頭の芯がぐらぐらと揺さぶられるようだ。

　自身の中で、ぷちんとなにかが爆発する音がした。いや、そんな音が聞こえた気がした。

　もう感情を堰きとめられなかった。小柄なのに、ぷりんと突きだした胸のふくらみに恐る恐る手を伸ばす。

　彼女は拒もうとはしなかった。やや俯き加減で小鼻をひくひくさせている。強ばった肢体から、彼女も緊張しているのが伝わってくる。

　それが優矢をなおさら昂らせた。指先を扇のように広げて、魅惑的なふくらみを手のひらで包みこもうとする。

　それは手のひらには収まりきらないほどの見事なふくらみだった。ぷにぷにと柔らかいのに、ずっしりとした重さで指先を押しかえしてくる。

その柔らかさを確かめるように、指先に力を込める。二度三度と指先を食いこませると、彼女の呼吸がいっそう悩ましさを増した。

呼吸に合わせるように、胸元が上下に弾んでいる。彼女は所在なさげに垂らしていた両の手を、優矢の背中に回した。

乳房を揉みしだくリズムに合わせるみたいに、背中に回した彼女の手にきゅっと力がこもった。

立ったまま抱きあっているのがもどかしくなる。壁際に置かれたベッドの上に彼女を押したおす。

まぶたを開いた彼女と視線が交錯した。子供の頃みたいに密度の濃いまつ毛を揺らして、瞬きを繰りかえす。

不安感を隠すように、彼女はもう一度まぶたを伏せた。優矢は彼女が着ているセーターの裾をずるりとたくしあげた。

ブラジャーに包まれた若乳が露わになる。セーターの淡い色合いに負けないほどに、肌の色が白い。

きめの細かい肌を見ていると、どうにもこうにもたまらなくむしゃぶりつきたくなる。

優矢はペールブルーのブラジャーからこぼれ落ちそうなふくらみのあわいに、顔を埋めた。両頬がしっとりとした双乳にすっぽりと包みこまれる。

「ああっ……」

思わず喉の奥にこもった声が洩れてしまう。背筋をずるずると這いあがる甘美感。優矢の口元からうっとりとした吐息が溢れた。

ふたりはベッドの上で上下に重なっている。仰向けになった彼女の上に覆いかぶさった形だ。

「あんっ……」

菜穂も綿生地のパンツに包まれた、男根の存在に気付いたみたいだ。若々しい滾りに狼狽えるように、彼女は小さく肢体を揺さぶった。

「ぐふっ……」

こらえよう、こらえなくてはと思ったが、もう遅かった。彼女の下腹に押しつけた怒張がびくっ、びゅくんと震える。

その刹那、トランクスの中で亀頭の先端から熱い液体がどくっ、どくっと噴きだした。トランクスの中に、ぬるついた液体が広がっていく。

「ごっ、ごめん……」

不意の暴発に、動揺を隠せない。優矢は気まずく視線を逸らすしかなかった――。

「あのときは……ごめん……なんか急すぎてさ……」

もう少しで菜穂の実家の前にたどり着くというところで、優矢は口を開いた。あの日以来、気まずくて彼女と距離を取っていた。

ときおり、実家の近くで顔を合わせることはあっても、挨拶をかわすぐらいしかできなかった。

就職して地元を離れてからは、顔を合わせること自体がなくなっていた。

「ううん、いきなりだったから……」

菜穂は足を止めると、優矢を見つめた。虹彩(こうさい)が明るい澄んだ瞳に、心が吸いこまれそうな気がする。

彼女はもう一度、優矢の髪の毛をそっとかきあげた。傷痕を指先でなぞる。

周囲に人がいないのを確認するみたいに、彼女はシャッターがおりた商店街を見回した。

「わたしはやっぱり……優矢くんのこと……」

とぎれとぎれの言葉は、最後は聞きとれないほど曖昧(あいまい)になった。

「えっ……？」

「もうっ……鈍いんだから……」

小柄な彼女は思いっきり背伸びをすると、優矢の頬に唇を寄せた。

ちゅっという甘く、軽い音を立てて唇が触れる。

「おっ、おやすみなさい」

そう言うと、菜穂は小走りで実家へ向かって駆けていった。取り残された優矢は頬に手をやった。

彼女の唇の感触を再確認するみたいに、手のひらでそっと包みこむ。

あのときに顔を埋めた乳房の温もりまでもが、鮮やかに蘇ってくるみたいだ。

ジャケット越しに盗み見た乳房のふくらみは、あの頃よりもひと回りほど成長しているように思えた。

「やっぱり……僕も……」

靴音とともに小さくなる後ろ姿を見送りながら、優矢は胸の底深く封印してきた思いが蘇るのを覚えていた。

第一章　お姉さん妻の淫靡なリード

「あら、いい感じじゃない」

二階の住居部分で身支度を整え、一階の店舗部分に行くと、母親の由紀恵（ゆきえ）が嬉しそうに目を細めた。

「いい感じって、うちで昔から使ってる制服を新調しただけだろ。手伝いのときには、前から着ていたじゃないか」

まじまじとこちらを見つめる母親の表情に照れくささを覚え、優矢は髪の毛をぽりぽりとかき上げた。困ったときの優矢のクセだ。

優矢が着ているのは、やや緑がかった淡いブルーの作業着だ。上着の胸元には両親が営む藤原電器店のロゴが入っている。

「だって、アルバイトと本職は違うじゃない。息子の晴れ姿だと思ったら、感動するに決まってるでしょう。ああ、お祖父ちゃんやお祖母ちゃんにも見せてあげたかったわ」

優矢の言葉に異議を唱えるように、由紀恵は口元で右手を振ってみせた。

由紀恵は、昨年還暦を迎えた。それなのに、同じ年代の女性よりも心なしか若々しく見える。客商売をしているだけに、見られるということを常に意識しているせいかも知れない。

電器関係のことには詳しくはないが、男ばかりだとむさくるしくなりがちな店の中ではムードメーカー的な存在だ。

「まあまあ、いいじゃないか」

割って入ったのは、父親の将(まさる)だった。優矢と同じロゴが入った作業着を着ている。真新しい作業着ではなく、やや年季を感じさせる作業着が還暦を超えた中背の体軀によく似合っていた。

「今日から商店街やお得意さまに挨拶回りをしなさい。うちみたいな小売店は、ご近所さんに支えてもらわないといけないんだからな」

「わかってるって。大丈夫だよ、今までだって他所(よそ)で働いてたんだから。新卒じゃあるまいし、心配なんか要らないって」

優矢は父親が差しだした名刺を受けとりながら言った。

プラスチックのケースに入った名刺を二十枚ほど取りだすと、革製の名刺入れに入れ替える。

「じゃあ、行ってくるよ」

バッグには簡単な工具類も入っている。これは祖父の代からの習慣だ。

手にずっしりとくるバッグを持つと、気合いが入るみたいだ。優矢は背筋をぴんと伸ばし、自動ドアから出かけていった。

商店会のメンバーの店を一軒一軒回っていく。ここで生まれ育ったのだ。現店主やその跡を継ぐ若手はほぼ見知った顔ばかりだ。

就職を機に地元を離れてからは疎遠になっていたが、それでも皆が訪問を歓迎してくれる。

それでも、その中にははじめて見る顔もいた。

それが後継者の元に嫁いできた女性だと紹介されたりすると、ときの流れを感じたりもする。

階段状のディスプレイに寄せ植えの植物が並んだ店舗の前で、優矢は足を止めた。店舗の中にも色鮮やかな花がずらりと並んでいる。

さりげなさを装いながら、ちらりと店の中をのぞき込む。

あでやかな色が並ぶ店舗の中で、優矢の目を一番惹きつけたのは真っ赤な薔薇でも純白の百合でもなく、淡い桜色のエプロン姿の菜穂だった。

優矢の存在に気が付いたように、自動ドアが音を立てて左右に開いた。

「いらっしゃ……」

背の高い花桶の中のカサブランカを手にしていた菜穂が、客人の気配にゆっくりと振りかえる。

彼女はくりっとした瞳をいっそう大きく見開いた。マットなルージュで彩られた唇が、わずかに動く。

驚きと戸惑いを隠せない表情。優矢はそれを見逃さなかった。彼女の困惑が伝染するみたいに、優矢の胸もきゅんと切なくなる。

「あっ、この間は遅くまで付き合ってくれてありがとう。今日から本格的に仕事を始めたんだ」

「そっ、そうなの。ううん、こちらこそ、送ってくれてありがとう」

「これが名刺。あれ、おじさんとおばさんは？」

誂えたばかりの名刺を差しだしながら尋ねる。

「ああ、父は配達で出ているの。母もちょっと……出ていて……」

「そっ、そうなんだ。じゃあ、よろしく伝えておいてくれる？」

「うん、わかったわ。伝えておくわね」

彼女の態度はどことなくぎこちない。幼い頃の彼女の眼差しは、いつでも優矢に向かって真っすぐに注がれていた。

それなのに、いまはどこか気まずさが滲む。視線がぶつかりそうになると、まるで逃げるみたいに視線をすっと泳がせた。

先日の夜の記憶が脳裏をよぎる。優矢とて彼女のことを意識しないはずがない。我ながら不器用だなと思っても、素直に感情を出せない性分なのはどうしようもなかった。

「じゃ、おじさんとおばさんにもよろしく。また近いうちに顔を出すようにするよ」

「うん、お仕事、頑張ってね」

菜穂は口元を少し強ばらせながら、いってらっしゃいというみたいに右手を軽くあげて、微笑んでみせた。

感情をストレートに表せないのはお互いさまだとわかっていても、無理に笑顔を取り繕う彼女のことがいじらしく思える。

ここが商店街の一角でなければ、感情のままに抱きよせたくなる。

突きあげる思いをこらえるように、優矢はバッグを摑んだ手にぎゅっと力を込めた。

「じゃあ、また近いうちに」

菜穂の仕草を真似て右手をあげてみる。平静さを装った顔が脆く崩れぬうちに、優矢はフラワーショップを後にした。


商店街の外れにある「カフェ・茉莉花」を訪ねたのは、優矢が得意先への挨拶回りを始めて三日目の、昼間のことだった。

入り口の木製のドアには「CLOSE」のプレートが掲げられていたが、ドアの横の窓ガラスからのぞき込むことができる店内には、オレンジがかった灯りが点いていた。

カウンター内で作業をしている人影が見えた。しかし、カウンター席やテーブル席に客の姿はない。

ドアノブに手をかけると、小さな音を立ててドアがかすかに動いた。鍵はかかっていないようだ。

そのまま外開きのドアをこちらへ引く。

ドアが開く気配に気づいたのか、カウンターの向こうにいた女がすっと顔をあげる。

「あら、いらっしゃーい」

よく通る声がＢＧＭをかけていない店内に響きわたった。声の主は高木沙織だ。

優矢よりも七歳年上の沙織は、この店を営む夫婦のひとり娘だ。

子供心にも沙織は彼女と同年代の女の子たちよりも、はるかに大人びて見えた記憶がある。

彼女は高校生の頃から両親の店を手伝っていた。

目鼻立ちがはっきりとした容姿と、物怖じしないタイプということもあって、近所では看板娘の呼び声が高かった。

周囲の大人たちのなにげない会話から、彼女目当てに足繁く通う客もいるという話を聞いたこともあった。

「あらあら、優矢くんじゃないの。突然だから、びっくりしちゃったわ」

「あっ、すみません。プレートはさがってたんですが、灯りが点いてるのが見えたから」

「いいの、いいの。本当は今日は定休日なんだけど、新しいメニューの試作をしていたのよ」

「メニューの試作？」

「そうよ。新しい看板メニューを作ろうと、いろいろと試してるの。ご両親から聞いていない？　いまはわたしがこの店を継いだのよ」

「そっ、そうだったんですか？」

優矢は驚きの表情を浮かべた。

商店会のメンバーの動向については、両親からいろいろと聞いてはいたが、そのすべてを把握(はあく)できてはいなかった。

新調したばかりの作業着姿の優矢を前に、沙織は懐かしそうに目を細めている。

面倒見がよかった彼女は、商店街の子供たちのお姉さん的な存在だった。

優矢自身が二十代後半になったいまでも、それは変わらない気がする。彼女も三十六歳になっているはずだ。

疲れたときには、さりげない言葉をかけられたくなる。沙織はきっと永遠のお姉さんキャラなのだろう。

「こういう仕事って、立ちっぱなしでしょう。それで父が腰を痛めちゃったのよ。まあ、無理もしていたんだと思うわ。だから、セミリタイアを勧めたの」

「セミリタイアですか？」

沙織の言葉を鸚鵡(おうむ)返しにする。

「そう、うちの父って楽隠居なんかできるタイプじゃないのよね。だから、別な生き甲斐を探すことを勧めたの。ああ見えて、けっこう自然や動物が好きなのよ。いまはふた駅離れた場所に小さな畑が付いた家を買って、母と一緒に野菜を育てたりしてるの」

「あのマスターが野菜ですか?」

脳裏にカウンターでコーヒーを淹れていた、沙織の父親の姿が浮かぶ。

銀色が混ざった髪の毛をオールバックにまとめ、口髭を蓄えた面差し(おもざし)は伊達男という言葉がぴったりと合う。

そんな店主が畑を耕している姿は、なかなか想像がつかない。

「そう、父は昔から興味があった農作業をして、娘のわたしは父が育てた野菜やハーブをメニューに加えてるの。プレミアムな感じがして、まさに一石二鳥よね。もちろんひとりで切りまわすのは大変だから、忙しい時間帯や土日にはアルバイトさんも頼んでいるんだけど」

沙織は少し得意げに笑ってみせた。

定休日とはいいながらも、彼女は真っ白いブラウスに漆(うるし)のように黒いエプロンを着けた姿だ。

額や頬にかかる鴉の羽根を思わせる艶やかな黒髪は緩やかに巻かれ、ふんわりとしたスタイルで後頭部でまとめられている。

子供の頃から色っぽいお姉さん的な存在だったが、いまはさらに圧倒されてしまいそうな艶っぽさを全身から漂わせている。

優矢が中学生の頃に憧憬を持って盗み見ていた乳房のふくらみは、いっそうの量感をたたえてエプロンの胸元をぐっと押しあげていた。

男の心をくすぐるような、少し挑発的な視線も以前と変わらない。

むしろ、年齢を重ねたことによって女としての自信を増したのか、うなじの辺りがぞくりとするような妖艶ささえ感じられる気がした。

「あっ、そうだ。肝心なことを忘れてました。実は僕も父の跡を継ごうと、実家の仕事を始めたんです」

優矢はバッグから名刺入れを取りだすと、名刺を一枚抜き、沙織に向かって差しだした。

「わあ、嬉しいわ。わざわざ挨拶に寄ってくれるだなんて。歓迎会の話は聞いていたんだけれど、お店があるんで行けなかったのよ。ごめんなさいね」

「いや、それは……。沙織さんはお店があるんだし……。でも、沙織さんも跡を継いでいたんですね。びっくりしました。」

沙織の名前を口にした後で、優矢ははっとした。久しぶりに会った七歳も年上の女性を「さん付け」で呼んだのだ。

馴れ馴れしいやつだと思われたりしたら、わざわざ挨拶に立ちよったのが台無しになってしまう。

「ふふっ、わたしはね、もともと跡を継ぐ気でいたのよ。だから、高校生の頃から店を手伝っていたんだもの」

優矢の思いに気づかないのか、沙織は目元を綻(ほころ)ばせて笑っている。

「そっかあ、優矢くんも跡を継いだんだ。わたしとお揃いね」

どこかはしゃいだような沙織の声に、優矢は胸を撫でおろした。

マホガニーカラーを基調とした店内は、カウンター席とテーブル席にわかれている。昭和レトロというのだろうか、最近のカフェと違い、腰が深く沈むようなソファが置かれていた。

店内のようすは、優矢が子供の頃からのままだ。

「そうだわ、ちょっと見てもらえるかしら？」

「えっ、なんですか」

「電器製品じゃないんだけれど、ちょっとがたついているのよね」

カウンターの中から手招きする沙織に誘われ、優矢はカウンターの中に足を踏み入れた。子供の頃から数えきれないほど店に通っていたが、厨房の中に入ったのは初めてだ。

「これなんだけれど？」

沙織が小さな鍋の蓋をかざした。見ると、ビスで留められた取っ手がほんの少し緩んでいる。

「ああ、こんなのは簡単ですよ」

バッグの中には簡単な工具が詰めてある。もちろん、ドライバーも入っている。緩んでいるビスにドライバーの先端をあてがうと、軽くひねって固定した。

「いいわね。見惚（みと）れちゃうわ」

「えっ……？」

「男の人がなにかをしているときの顔っていいわよね。見ていると、ぞくぞくしちゃうわ」

「そっ、そうですか」

うっとりとしたような沙織の言葉に、照れくささを覚えた。

簡単な作業でこんなことを言われたのは初めてだ。彼女の視線が体軀にまとわりつくのを感じる。

「ちっちゃかった頃から知ってる優矢くんが、もうすっかりオトナの男になっちゃったのね」

舐(な)めるような視線を絡(から)ませながら、沙織がしみじみと言う。

七歳年上の沙織は、優矢が小学校にあがる頃にはすでに高校生だった。

幼い頃の年の差は絶対的なもので、彼女は周囲の子供たちの憧れのお姉さんみたいな存在だった。

「なんだか思いだしちゃうわ」

「えっ、なんのことですか？」

意味ありげな言葉に、優矢は内心どきりとした。

「いやだわ、忘れちゃったの？」

「わっ……忘れたって……」

「忘れたなんて……言わせないんだから……」

沙織は拗(す)ねたような台詞(せりふ)を口にした。ふたりはカウンターの中で左右に並ぶように立っている。

綺麗な楕円形に整えた、シックなベージュカラーのマニキュアを塗った指先が、優矢のわき腹の辺りをくすぐるようにするりと撫でる。

しなやかな指先の動きに、優矢は背筋をびくりと震わせた。

「忘れたなんて言わせないわよ。優矢くんが大学生の頃よね。うちの店に来て、寂しそうにしてたことがあったじゃない？」

彼女が懐かしい光景を思いだすように、ゆっくりと畳みかける。

「あっ、あれは……」

優矢は言葉を詰まらせた。

「あれは……？」

「あのときは……」

「そうよ、あのときのことよ。うちの店に来て、寂しそうにしてたじゃない。あんな顔をしてるのを見たら心配になるわよ。だから、相談に乗ってあげたくなったのよ」

こちらを見あげる沙織の視線を感じる。熱を帯びたその視線に、眼差しを投げかえすことができない。

「あのときの優矢くん、ほんとに可愛かったわ」

沙織の口調が艶っぽさを増していく。わき腹をなぞっていた指先が、すべり落ちるように臀部（でんぶ）へと回った。

指先を開き、優矢の尻をゆるゆると撫でまわす。軽やかなのに情念を感じさせるタッチに、知らぬ間に尻の肉に力が入ってしまう。

「ふふっ、あの日もこんなふうに身体を硬くしていたわよね」

沙織は唇の両端をきゅっとあげて笑ってみせた。

円を描くように尻を撫でていた指先が、作業用のズボンのファスナー部分へとじわじわとにじり寄ってくる。

つつーっ。指先がズボンのファスナー部分を下から上へとそっとなぞりあげた。まるで弦楽器を奏でるみたいに軽快な指使いだ。

弾（はじ）かれた弦の代わりに優矢は、

「あっ……」

と喉の奥に詰まった声を洩らした。

「感じやすいのは変わらないみたいね」

反応のよさに沙織は嬉しそうに頬を緩めた。

「あの日の優矢くん、落ちこんでいたのよね。好きな女の子とうまくいかなかったって。そんなふうに言われたら、どうにかしてあげたくなるに決まってるじゃない」

「あっ、あのときは……」

「そうよ。だから、ひとり暮らしをしていた部屋に誘ったんじゃない？」

九年前のホワイトデーの記憶が蘇ってくる。菜穂の部屋で勝手に暴発してしまった日のことだ。

トランクスを穿きかえるために、家に帰ってシャワーを浴びたものの、優矢の頭の中は混乱していた。

いままでは妹みたいな存在だと思っていた菜穂と、これからどう接していいのかわからない。

両親はいつものように店に出ていたが、どのみち親に相談できることではない。そうかといって、付き合いの長い友人に打ちあけたら、相手を容易く特定されてしまいそうだ。

そう思うと、誰かに相談することもできない。それなのに、ひとりでいるのが心細く思えてならなかった。

気がつくと商店街をふらふらと歩いて、子供の頃から通っていた「茉莉花」のドアを開けていた。

閉店に近い時間とあってか、他に客の姿はなかった。両親も所用で出かけているのか、店内にいたのはエプロン姿の沙織だけだった。

「カウンターでいいわよね」

招かれるままにカウンター席に座った。いままでカウンター席に座ったことはない。そこに座るのは常連客ばかりだ。

ソファ席よりも一段高い席に座ると、店内のようすががらりと違って見えるから不思議だった。

「なにか悩みごとでもあるの？　よかったら、相談に乗るわよ」

「でっ、でも……」

「そうだわ、ここだと話しづらいことだったら、わたしの部屋に来る？　もう、閉店時間だし。最近、ひとり暮らしを始めたばかりだから、なにもないんだけれど」

沙織に誘われるままに訪ねたのは、「茉莉花」から歩いて三分ほどの距離にあるワンルームタイプのマンションだった。

店でも自宅でも両親と一緒なのは、息が詰まるから借りたのだと言う。

セカンドハウスみたいなものなのか、室内にあるのはテレビや小型の冷蔵庫、シングルサイズのベッドぐらいだ。

二十歳になったばかりの優矢に、沙織はビールを勧めた。

口に馴染んでいないビールを飲むうちに、菜穂の名を伏せて暴発してしまった顛末をぽつりぽつりと打ちあける。

沙織は相槌を打ちながら、優矢の話を聞いていた。

「男の子はいろいろとデリケートなのよね」

そう言うと、横座りしていた沙織は優矢のほうに身を乗りだした。

ルージュを塗ったぽってりとした唇を重ねると、体重をかけるようにして彼女は優矢の身体を床のラグの上に押し倒してくる。

そこから優矢の記憶はあいまいで、気がつくと沙織にしがみつくようにして、初めての膣内射精の快楽に喘いでいたのだった……。

「あの夜、優矢くんはオトナの男になったのよね」

一瞬、回想に耽った優矢の耳許で、沙織は内緒話をするみたいに囁いた。

「相変わらず、すぐに硬くなっちゃうのね」

ズボンのファスナーの上をなぞる指先が、優矢の屹立を見つける。

それはトランクスやズボンの布地越しでもわかるほどに、くっくりとその形を浮かびあがらせていた。

沙織は親指と人差し指の腹を使って、ゆるゆると上下にさすりあげる。直接的ではない刺激が妙に心地よく思える。

優矢は眉間に皺を刻むと、小さく喉を鳴らした。尻の辺りがもぞもぞするような快感が、玉袋の付け根の辺りから湧きあがってくる。

ここはカフェのカウンターの中だ。木製のドアに閉店のプレートがかかってはいるが、鍵はかかっていない。

誰かが入ってこようと思えば、簡単に入ってくることができる。現に優矢自身がそうだった。

そう思うと、余計に昂ってしまう。

「だっ、だめですって……」

いやらしい先制攻撃をしかける年上の女を諫めるように優矢が言う。

「あら、ここの店主はわたしなのよ」

こともなげに沙織が返す。お姉さんの余裕は相変わらずのようだ。

「ここはカウンターの中なのよ。外からは見えやしないわ」

沙織はふふっと笑うと、ファスナーを指先でしっかりと摑んだ。

こんもりと隆起した男根によって、ズボンのファスナーが張りつめている。易々と引きおろすことはできない。

「ほんとに元気なんだから」

ひとり言みたいに呟くと、ファスナーを摑んだ彼女の指先に力がこもる。

逞しくマニキュアを塗った指先を押しかえしてくる股間のふくらみを押さえつけながら、少しずつファスナーをずりさげていく。

ファスナーの締めつけから解放すると、金具の合わせ目から指先を忍びこませる。

今度はトランクスの生地の上から、指先でしゅこしゅこと悪戯をする。

肉棒を覆う布地が一枚少なくなるだけで、彼女の指先の感触や体温がよりリアルに感じられる。

「なんだかトランクスが湿っぽくなってるみたいよ」

沙織は楽しそうに、淫猥きわまりない言葉を囁いた。男の滾りを漲らせた肉柱をまさぐる指使いが、ねちっこさを増していく。

とうとう作業着のズボンのベルトに彼女の指先がかかり、がちゃりと音を立てて、バックルを緩めた。

彼女の暴挙は止まらない。さらにズボンの前合わせボタンをぷちんと外す。締めつけるものがなくなったズボンの腰回りが、急に心もとなくなる。

ふたりはカウンターに並んで立っている。カウンター越しに見たとしたら、内部でそんなことが起きているとは気づかないだろう。

まだ陽があるうちに、入り口のドアに鍵がかかっていない店内でこんなことをしていると思うと、ペニスにますます血潮が流れこむようだ。

「だめですって……」

優矢は抗うように腰を揺さぶった。まるで男女の立場が逆になった痴漢をされているみたいな気分になる。

頭では鎮まれ、鎮まれと思うのに、身体はそれとは裏腹に彼女の指先の温もりや指使いに過剰なほどに反応してしまう。

思えば、このところ忙しさに追われ、自身の手で抜いておかなかった。疲れだけでなく、性的な欲求も溜まっているに違いない。

尻を振った拍子に、ズボンがずるりと弛む。それでも、沙織は攻めこむ手を休めようとはしなかった。

「だめですなんて口で言ってても、身体はだめじゃないみたいよ」

トランクスの濡れジミを、指先でつっつっと刺激しながら彼女が囁く。男の弱みを握ったことに、気をよくしているみたいだ。

年上の女はいつだって、男の心の奥底をしたたかに見抜いている。そんな気がした。

「いじってるとね、わたしだって興奮しちゃうのよ」

沙織の声もうわずっていた。隣に並んでいた彼女の身体がすうっと消える。

「えっ……ええっ……」

優矢は驚きの声を洩らした。驚いたのも無理はない。彼女は消えたのではない。カウンターの中にしゃがみ込んだのだ。

沙織の手がズボンのウエスト部分をしっかりと掴む。それは止める間もない早業だった。

彼女はズボンとトランクスをひとまとめにして、太腿の付け根と膝の真ん中あたりまで一気にずりおろす。

いきり勃ったものの先端が、トランクスの引きおろしを妨げようと踏んばったが、それは虚しい抵抗でしかなかった。

粘っこいシミがついたトランクスが奪われると、男らしさを蓄えた肉竿が弾けるように顔を出した。

亀頭はてかてかと光って見えるほどに、表皮が張りつめている。

毒蛇の鎌首(かまくび)のように見える亀頭の割れ目からは、ぬるっとした先走りの液体が噴きこぼれていた。

「ふふっ、感じてるのね」

沙織の指先が、ぷりっと割れた鈴口(すずぐち)をつーっとなぞりあげる。

ほっそりとした指先の感触に唆(そそのか)されるみたいに、鈴口から溢れた透明な粘液が糸を引いた。

床の上にしゃがみ込んだ彼女の顔と、きゅっと裏筋を浮かびあがらせたペニスとの距離は二十センチもないだろう。

彼女の唇から洩れる呼吸の熱気を感じる。淫靡(いんび)な予感に優矢は目尻を歪(ゆが)めた。

沙織の両の指先が肉柱にかかる。親指の腹を鈴口の辺りに押しつけると、ほんの少し力を加える。

ぱっくりと鈴口が左右に開き、赤っぽいピンク色の尿道が顔をのぞかせた。沙織は親指に力を込めたり、緩めたりしながら亀頭を弄(もてあそ)んでいる。

尿道をのぞき込むような視線に、ますますとろっとした粘液が滲みだす。

彼女は親指で粘液をすくい取ると、それをなすりつけるように亀頭をゆるゆると撫でまわした。

「あぁっ……」

ここがカフェのカウンターの中だということが、頭の中から吹き飛びそうになる。

優矢はくぐもった声を洩らした。

声を押し殺そうと、握りしめた拳が小さく震える。

「もうっ、色っぽい声なんか出しちゃって」

沙織が上目遣いで見あげてくる。落ちついたブラウンカラーのアイシャドウで彩られたその瞳は、心なしか潤んでいるように見えた。

「少し悪戯しただけで、こんなにスケベなお汁を垂らしちゃって……」

卑猥な言葉を囁く唇から赤っぽい舌先が伸びてくる。表面が粒だった舌先は、躊躇うことなく尿道口をちろりと舐めあげた。

「はあっ、ああっ、だっ、だめですって……」

優矢は腰肉をひくつかせた。

「あら、だめなんだったら、止めちゃおうかしら？」

彼女は妖艶に微笑むと、舌の動きを止めた。鈴口を舐める代わりに、マットなヌードベージュのルージュを引いた唇にちろりと舌先を這わせる。

まるで男の心身を自在に操る、舌使いを見せびらかしているみたいだ。

「いっ、意地悪ですね」

思わず、恨めしげな声が洩れてしまう。

「だって、だめだって言うから……」

「そっ、それは……」

つれない物言いに、優矢は言葉を詰まらせた。意地悪く焦らすのも、彼女の愛撫のテクニックのひとつなのかも知れない。

「だっ、だめじゃない……です」

優矢は喉の奥から絞りだすように言った。ぬるついた舌先の感触をせがむみたいに、腰が前後に震えてしまう。

「そうよ、男の子は素直が一番よ」

沙織は悠然と笑ってみせた。いくら歳月を経ようとも、年の差は埋まらないらしい。年下の男の子扱いされているというのに、腹が立つどころか、この刺激的なシチュエーションに胸は高鳴るいっぽうだ。

彼女の唇が大きく開く。ぺろりと舌なめずりをする仕草も挑発的だ。込みあげる淫猥な予感に、優矢は喉元を上下させた。

「ふふっ、エッチなんだからぁ……」

もったいぶるみたいに、抑揚をつけた言いかたが色っぽい。彼女の口元が、露わになった下腹部めがけて、ゆっくりと近づいてくる。

熱を孕んだ呼気が亀頭に吹きかかる。その瞬間、亀頭が生温かく湿った粘膜に包みこまれた。

「はぅ、ああっ……」

敏感な亀頭をすっぽりと覆うように、口の中の粘膜が絡みついてくる。亀頭を咥えながら、ぴぃんと張りつめた裏筋をやんわりと舌先で舐めまわす。

「んんっ……」

優矢は低く唸った。自身の手でしごくのとはまったく異なる、ぬるぬるとした質感がたまらない。

「ああっ……いい……ですっ……」

もっととねだるみたいに、優矢は沙織の後頭部に手を回した。深々と咥えこまれたいと訴えるみたいに、腰を前に突きだす。

「はっ……ふぅん……えっひぃ……」

ペニスで口に栓をされた沙織は、喉の奥にこもった声を洩らした。

口の中に埋めこまれたペニスの深さと連動するみたいに、きめの細かい頰が少しずつふくらんでいく。

怒張の根元近くまで口に含むと、彼女は緩やかに頭を振った。口の中のようすは見えないが、肉幹に執念ぶかく巻きつく軟体動物みたいな感触を感じる。

彼女の姿は、まるで生肉にむしゃぶりつく牝獣みたいだ。もごもごと蠢く口元を見ていると、背筋がざわざわするような心地よさがせりあがってくる。

「ああっ、たまんな……い……いいっ……」

彼女の頭部が前後にゆっくりと動く。

ちゅぷっ、ぢゅぷぷっ。じゅっぷぅっ。

カウンターの中になまめかしい音が響く。深く浅くとしごくように舐めしゃぶられると、不覚にも暴発してしまいそうになる。

「ああっ、そんなにされたら……もっ、もう……」

切羽つまった声が洩れる。

ほんの少しでも油断したら、ぎゅっと縮みあがった玉袋の奥から熱い樹液が噴きだしてしまいそうだ。

こらえようとしても、我慢の限界はひたひたと近づいてくる。優矢は眉間にぎゅんっと皺を刻んで、天井を仰ぎ見た。

ぢゅぷ、ちゅるぷぷっ。湿っぽい音を立てながら、沙織は舌先を絡みつかせる。

もう、だめだっ……。

優矢は臀部に力を込めた。知らず知らずのうちに、背筋がしなってしまう。

「はあっ、もっ、もう……」

観念したような声を洩らした途端、舌先が動きを止めた。もう少しで最高の瞬間を迎えるところだった。

「ううっ、ああっ……」

行き場をなくした牡の欲望が、噴きだし口を求めるみたいに体内を駆けめぐる。優矢は未練たらしい声を洩らしながら、下腹部に顔を埋める沙織を見つめた。

沙織がゆっくりとペニスを口から引きぬく。唾液と先走りの液体が混ざった透明な液体がつーっと糸を引いた。彼女は指先でそれを拭った。

「どっ、どうして……？」

「どうしてって、ひとりだけイッちゃったらずるいでしょう？　続きがしたいなら、今夜九時にもう一度訪ねてきて」

彼女はしっとりと濡れた唇の上で指先を往復させた。無理強いをする口調ではない。それなのに、その言葉には有無を言わせない女の情念が宿っていた。

「つたく、相変わらず強引な女(ひと)だよ」

腕時計の針が午後九時を五分ほど過ぎた頃、優矢は商店街の一本裏の通りを歩いていた。

店舗に面した通りとは違い、裏通りにはほとんど人影はない。

人目を忍ぶように、キャップを深々と被(かぶ)っている。キャップは学生時代に買ったものの、被る機会もなくしまっておいたものだ。

「茉莉花」の入り口は商店街に面しているが、住居部分の玄関は裏の通りにある。多少の違いはあれ、住居を兼ねた店舗はどれも似たような造りになっていた。

周囲をぐるりと見回して、人の気配を確認する。独身の優矢は誰に憚(はばか)ることはない。それでも誰かに見られてはと思うと、慎重にならざるを得なかった。

ドアノブに手をかけると、鍵はかかっていなかった。もう一度、辺りのようすを確認し、素早く玄関に身体をすべり込ませた。

玄関を入ると、すぐに二階にあがる階段がある。それとは別に店舗に通じると思われる扉があった。

「もう、遅いんだから。来ないのかと思ったわ」

ドアが開く気配を感じたのだろう。二階から沙織が顔をのぞかせる。

「そのまま、あがって来て」

彼女に招かれるまま、階段を昇っていく。

昼間とは違い、彼女は膝よりもやや長いニットのワンピース姿だった。赤ワインを思わせる、渋い赤色のワンピースとセットになったカーディガンも羽織っている。

肉感的な肢体にフィットする薄手のニット生地が、Ｆカップはあろう見事なふくらみを強調していた。

ストッキングは穿いていない。素足にスリッパを履いているのが、妙に生々しく瞳に映る。

幼い頃から知っていたとはいえ、沙織の実家に足を踏み入れるのは初めてだ。ついつい好奇心に駆られてしまう。

彼女がひとり暮らしをしていたワンルームのマンションとは違い、実家はそこかしこに年季と生活感が感じられた。

「茉莉花」の店内同様に、家具などは昭和レトロな感じでまとめられていた。どこか懐かしい雰囲気が漂う屋内は、きちんと片づけられていた。

扉がしまった部屋の隣にあるリビングダイニングに通されると沙織は、

る。

「呑むでしょう？」

と言って、缶ビールを差しだした。優矢はプルタブを引きあげて、ビールに口をつけていた。

沙織はすでに晩酌をしていたようだ。テーブルの上には呑みかけの缶ビールが載っていた。

リビングダイニングの中を見回したときだ。部屋のあちらこちらに飾られた、フォトフレームのひとつに目が釘づけになった。

目にも鮮やかな瑠璃色の花畑を背景に微笑んでいるのは、沙織に間違いない。

その肩をがっちりとした体躯の男が抱きよせている。その男には見覚えがなかった。

「えっ、この写真って？」

「ああ、これね。うちの旦那よ」

「だっ、旦那って……」

優矢の声が裏返る。よもや、と辺りの気配をうかがった。

「知らなかった？　わたし、結婚してるのよ」

「えっ、結婚って……」

「店を継いだのは、旦那が飲食店関係の仕事をしていることもあったのよ。わたしだけだと心配だけど、男手があればうちの親も安心するじゃない？」

「でも、だって……」

「そうなのよ。それなのに、旦那ったら若い頃からの夢だったラーメン屋を始めたいって言いだしたのよ。それも勝負するなら激戦区で勝負するって、わざわざ都内の繁華街に店を出すんだもの。言いだしたら、他人の意見なんて聞かない男だし。仕入れや仕込みも自分でやらないと気が済まないタイプだから、店のすぐ近くにマンションまで借りちゃって。お陰で完全に別居状態よ」

「そっ、そんなの……。けっ、結婚してるなんて聞いてませんよ」

「そうよね、久しぶりに会った幼馴染みにいきなり言うことでもないものね。でも、夫婦仲は悪くはないのよ」

呆気にとられる優矢をよそに、沙織は飄々と言葉を重ねる。まるでたいしたことではないと言わんばかりだ。

「まあ、わたしもお店を切りまわしながら、家事もきっちりこなせるタイプじゃないし。いまはちょうどよかったと思ったりもするのよね」

「だったら……どうして……あんなこと……」

下腹部には、昼間のカウンターでの行為の感触が生々しく残っている。焦らされるままに訪ねては来たものの、人妻だと聞いてたじろがないはずがない。

とはいえ、お預けを喰らったペニスは物欲しげにズボンの中でくすぶっている。

牡の性欲を丸出しにした下心と理性が葛藤する。

「だって、久しぶりに顔を見たんだもの。ついつい懐かしくもなっちゃうじゃない」

沙織は悪びれるふうでもない。さらりと言ってのけられると、逆に拍子抜けしてしまいそうだ。

「旦那はね、いまは店のことに夢中で、わたしのことなんて眼中にないの。これじゃあ、まるで未亡人みたいだわ。わたしだって女なのよ。放っておかれたら寂しくもなるわよ。そうは思わない？」

沙織は拗ねたように唇を尖らせてみせた。ぽってりとした唇を見ていると、理性がぐらぐらと揺さぶられるみたいだ。

昼間さんざん焦らされたあと、帰ってから勢いのままに、自分の手で発射してしまおうかと悩んだが、それはもったいないことのように思えて、辛抱した。

だが一度火が点いた情欲は吐きださないことには、どうにも収まりがつきそうになかった。

「優矢くんだって、ソノ気になって訪ねてきたんじゃないの？」

沙織の口調は、どこかしどけなさを孕んでいる。

他人のものだと知ってしまうと、自分が知っている彼女とはまるで別人みたいに思えた。

優矢の胸の中で、淫靡さを何倍にも何十倍にも増幅させる「人妻」という単語がこだまする。

身じろぎもできずにいる優矢めがけて、彼女がゆっくりと近づいてくる。その指先は躊躇（ちゅうちょ）することなく、ジーンズを穿いた下腹部をするりと撫であげた。

「ふふっ、ここはソノ気になっているみたいよ」

沙織は艶っぽい笑みを浮かべた。

昼間はナチュラルなベージュカラーだったルージュの色は、男の視線をそそるような深紅に変わっていた。それがぞくりとするほど色っぽく思えた。

「お預けになっているのは、わたしも一緒なのよ。おしゃぶりしたんだもの。疼（うず）かないはずがないじゃない」

そう言うと、沙織は優矢の右手首を摑み、ニットのワンピースに包まれた胸元へと導いた。

軽く押しあてただけでも、手のひらにずうんと重量感を感じる。

「結婚してから三キロくらい太っちゃったの」

彼女は恥じらいながら秘密を打ちあけた。そう言われてみれば、以前よりもわずかにふっくらとした気がした。

それが逆に女らしい雰囲気を醸しだしている。

もともと男の視線を惹きよせるたわわなふくらみも、さらにボリュームアップしているみたいだ。

「もしかして……おっぱい、大きくなりました？」

「あらっ、わかった。あの頃はEカップだったけれど、いまはFカップになったのよ」

沙織が嬉しそうに笑みを浮かべた。

「はあっ……」

優矢は低く唸った。手のひらに伝わる確かなふくらみが、箍が外れかけている理性を意地悪く弄ぶ。

「くっ、ああっ……」

昼間から昂っていたのだ。我慢の限界はとうに超えていた。人妻という蠱惑的な響きが、彼女の魅力をますます高めている。

乳房を下から支えるように押しあてた手のひらに力がこもる。五本の指先が熟(う)れた乳房に食いこむ。

手のひらからはみ出すふくらみが、むぎゅと食いこんだ指を押しかえす。男の身体とは明らかに違う、女特有の柔らかい肉の感触。

「あっ、あーんっ……」

男の心を唆すように、彼女は鼻にかかった甘え声をあげて、熟(じゅく)した肢体をしならせた。

昼間はかすかにシャンプーの残り香のような香りを感じた。服を変えるように、夜は香水をまとったのだろうか。

鼻腔の奥をそっと刺激するように、オリエンタルな香りが忍びよってくる。スパイシーな香りは異国の踊り子を連想させる情熱的な匂いだ。

まるで鼻先に人参をぶらさげられた馬みたいな心持ちになる。もう劣情を抑えることなどできなかった。

優矢の左手が伸び、沙織の乳房を鷲摑みにした。

焦らされつづけた鬱憤(うっぷん)を晴らすみたいに、両の指先をがっちりと食いこませ、少々荒っぽいタッチで揉みしだく。

ぼした。
まぶたがわずかに震えている。
指先が食いこむリズムに合わせるみたいに、彼女は半開きになった唇から吐息をこ
彼女はまぶたをぎゅっと閉じると、悩ましげな声を洩らした。きつく閉じあわせた
「ああっ、いいわぁ」

指先がブラジャーの中で起きている変化を感じる。
性的な昂りに乳房全体がほんの少し硬さを増し、誇らしげに突きだした乳丘の頂が
にゅんと尖りたつ。
しこり立った乳首は、ブラジャー越しでもはっきりとわかる。優矢は親指と人差し
指の腹を使って、乳首をくりくりとこね回した。
「はあっ、感じちゃうっ……。だってぇ、久しぶりなんだもの……」
沙織は完熟した身体をくねらせた。身体を揺さぶった弾みで、後頭部でまとめた黒
髪が一筋ふわりと舞いおちる。
「ねえ、キスして……」
とろみのある声で囁くと、彼女は形のいい唇を突きだした。積極的にしかけたかと
思うと、今度は可愛らしく甘えてみせる。

まるで猫の目のように、ころころと表情を変える年上の女に翻弄されっぱなしだ。それがなんだか癪に思えた。

ならば、と優矢はやや前傾姿勢になり唇を重ねた。

もっちりとした唇の感触。うっすらと開いた唇から吐息とともに、柔らかな舌先が伸びてくる。

ぬるついた舌先が優矢の唇をゆるりと舐めまわす。ぬめぬめとした感触が男の心を燃えあがらせる。

優矢も唇を開き、舌をぐんっと突きだした。妖しく絡みついてくる舌先に負けじと、舌をにゅるりと巻きつける。

ちゅっ、ちゅるっ、ちゅるぷっ。

ふたりは互いの舌先をうねらせた。唾液にまみれた舌先が奏でる音が、どんどん湿りけを帯びていく。

「はあんっ、立っていられなくなっちゃうっ……」

うっとりとした声を洩らすと、沙織は優矢の髪の毛をかき上げた。しなだれかかるように優矢の背中に両手を回す。

優矢の両手は双乳をがっちりと捕らえていた。ブラジャーの上からではなく、女らしい乳首を直にまさぐりたくなる。

ニットのワンピースに覆いかくされた、ブラジャーのカップの縁を少し手荒く押しさげた。

カップからこぼれ落ちた豊乳の先端は、薄手のニット生地越しにもはっきりと確認することができる。

まるでここを可愛がってと訴えているみたいだ。ニットの生地が疎ましく思える。

優矢がいったん乳房から両手を離すと、沙織はしなを作るみたいに、肩先を左右に揺さぶった。

カーディガンの胸元に手をかけると、それを肩口からするりと剥ぎとる。カーディガンは床の上に舞うように落ちた。

これで半袖のワンピース姿になる。優矢はその裾に手を伸ばした。しなやかな生地をするするとたくしあげていく。

沙織ははあっとなまめかしい呼吸は洩らしたものの、されるがままになっている。やがて押しさげられたブラジャーからこぼれた胸元が現れた。

ワインレッドのワンピースと、漆黒のブラジャーのコントラストが美しい。

カップに持ちあげられているせいか、乳首はやや上を向いている。色白の肌に似合う乳首の色は、ミルクティーを思わせる淡い色合いだ。

作り物のような桜の色ではないところが、人妻らしさを際だたせている。

「やっぱり……沙織さんは色っぽいや」

感嘆の声をあげると、優矢は右の乳首にむしゃぶりついた。両手を彼女の背中に回し、忌々しいブラジャーの後ろホックをぷちんと外す。

ブラジャーの縛めがとけたことによって、ボリューム感に満ちあふれた乳房がまろび落ちる。

右の乳首を唇に含み、舌先を絡みつかせる。左の乳房は右手で支えるように持った。手のひらにずっしりとくるほどに見事なふくらみだ。つぅんと突きだした乳首を指先で丹念にこね回す。

彼女の吐息は艶っぽさを増し、色白の頬はほんのりとピンク色に染まっている。

「はあっ、いいっ……おっぱい、じんじんしちゃうっ……」

昂る感情に任せるように、彼女は肢体を揺さぶった。まるで酩酊しているかのように、足元が少し危うくなっている。

「はあっ、もっと……してぇ……」

人妻の囁きは煽情的だ。優矢はたくしあげたワンピースをさらにずりあげ、首元からいっきに引きぬいた。

ホックが外れたブラジャーは、心もとなげに胸元にぶらりと垂れている。それも奪いとった。

「ああんっ、えっちぃ……」

沙織の肢体を包むのは、ブラジャーとお揃いの黒いショーツだけになる。

彼女は胸元で腕を交差させると、ねっとりとした視線を投げかけてきた。小ぶりのメロンほどはあろうかという熟れ乳は、腕を交差させたくらいでは隠すことはできなかった。

ワンピースを剝ぎとったせいで、まとめあげた髪の毛がところどころほどけ、後れ毛が襟足にかかっている。

それがなんとも言い表しがたい色香を漂わせていた。

「ひとりだけ脱がすなんて……」

彼女の言葉に、優矢は身に着けていたジャケットを脱ぎすてた。シャツのボタンに指先をかけると、ひとつずつ外していく。

優矢の所作を、沙織はやや乱れた息を吐き洩らしながら、じっと見つめている。彼女の心臓の鼓動が、こちらまで伝わってくるみたいだ。

「ああんっ、早くぅ……焦らさないで……」

こらえきれなくなったように呟くと、沙織はラグを敷いた床の上に膝をついた。迷うことなく、ジーンズに手を伸ばしてくる。

ベルトをしていないウエスト部分のボタンを手早く外し、ファスナーを引きおろす。優雅にさえ思える鮮やかな手際だ。

そのままジーンズをずりおろすと、シャツの裾に隠れていたトランクスにも手をかける。破廉恥な予感に、フロント部分がテントを張っている。

優矢は荒い息を吐きながら、彼女の手元を見つめた。相手は人妻だ。背徳感を感じないといえば嘘になる。

それなのに、他人のものだと思えば思うほどに、魅惑的に思えてしまうのも事実だった。

優矢の期待をはぐらかすみたいに、沙織はトランクスを摑んだまま、手を止めている。

わずかな時間が気が遠くなるほど長く感じられた。焦れる気持ちが否でも増幅してしまう。発射したくてたまらない。そんな思いが亀頭の先から溢れだし、トランクスにいやらしい水玉模様を浮かべていた。

「はあっ、はやくっ……意地悪しないでください」

優矢が駄々っ子のように、身体をぶんっと振ると、優矢の顔を見あげる彼女は嬉しそうに頰を綻ばせた。

トランクスを握りしめた手が、それを膝の辺りまでずるりと引きおろす。隠すものを失ったペニスは、沙織の顔めがけて勢いよく飛びだした。

エッチなリクエストをするみたいに、肉柱が上下にびゅくびゅくと跳ねている。

「もうこんなになっちゃって……。元気なんだから……。嬉しくなっちゃうわ」

彼女は唇をすぼめると、亀頭に軽くキスをした。

昼間みたいにねちっこく舐めまわされたい。

優矢の頭を占めるのは、そんな淫らな欲望だった。相手が人妻だと思うと、これ以上はないほどに興奮してしまう。

しかし、沙織はペニスに貪りついてはこなかった。なにかを企んでいるみたいに微笑んでいる。ペニスは物欲しげにひくつくばかりだ。

沙織は口元に笑みを浮かべたまま、露わになった左右の乳房を両手で下から支えるように持ちあげた。

量感を見せびらかすような仕草によって、胸のあわいにくっきりとした谷間が刻まれる。

　見るからに柔らかそうな胸の谷間に誘われるように、知らず知らずのうちに身体が前のめりになってしまう。

「ふふっ、こんなふうにしたら……？」

　沙織は意味深な言葉を口にすると、完熟した乳房を左右から押さえつけていた指先から力を抜いた。

　優矢の前に膝をついた格好の沙織がにじり寄ってくる。下腹にくっつきそうなほどに激しく勃起(ぼっき)したペニスへ胸元を近づける。

「ああっ……はああっ……」

　優矢の唇から驚嘆の声が洩れた。そして、それはすぐに感嘆の喘ぎに変わった。

　沙織の乳房が、逞しさを見せつける屹立をすっぽりと包みこむ。さらに柔肌を密着させるように、乳房を両手で押しあげる。

　フル勃起したペニスは、乳房の谷間に完全に挟まれた。亀頭の先端だけが、谷間からわずかに顔を出している。

「うあっ……オチ×チンがぁ……」

　優矢は吼(ほ)えるような声をあげた。ビデオなどでは見たことがある。だが、リアルで味わうのは初めてだ。

先走りの液体が滴りおち、肉幹はじっとりと濡れていた。

がちがちに硬くなった肉幹をしっとりとした感触の乳房で包囲するようにして、沙織は肢体を緩やかに揺さぶった。

ぬぷっ、ぢゅぷっ……。

ぬるついたカウパー氏腺液が、潤滑油の役割を果たしている。彼女が身体を揺さぶると、尾てい骨の辺りにざわついた無数の快感が走る。

「ああっ、すっげえ……こんな……」

優矢は天井を仰ぎ見た。口唇愛撫とはまったく質の違う快感が、肉茎を支配している。

乳房の質感を楽しむように、わずかに腰を前後に振ってみる。

快感がいっそう強くなった。蕩けるような快感がたまらない。まるで下半身が深い底なし沼に取りこまれていくみたいだ。

快感の渦の中に、どこまでも沈んでしまいたい。そんな心もちになってしまう。

「男の人が感じてる顔を見ると、こっちまで興奮しちゃうっ……」

沙織も、はぁと乱れた声を洩らした。

執念ぶかいキスでルージュが滲んだ唇を開くと、生ウニみたいに表面が粒だった舌を伸ばす。

乳房のあわいにペニスを咥えこんだまま、はみ出した亀頭に舌先を這わせる。

ちろっ、ちろり。尖らせた舌先で軽くなぞるような舌使いを見ているだけで、玉袋の裏側の辺りがきぃんと痺れてしまう。

「ふふっ、ほら、エッチなお汁がいっぱい出てる」

淫らすぎる弄いに、たぶらかされたペニスは暴発寸前だ。少しでも気を緩めたら、彼女の唇めがけて熱い樹液が迸ってしまうだろう。

「こんな……エロすぎますよ」

「あらっ、エッチなのは嫌い？」

「そっ、そうじゃないけど……。こんなふうにされたら、我慢できなくなりますよ」

優矢は苦しそうな声を洩らした。

ひくついたペニスが発射したいと訴えている。それなのに、いつまでもこの快感をずっと味わいつづけたいという思いも込みあげてくる。

彼女はショーツにくるまれたヒップラインを見せつけるように、お尻をぐっと突きだした。

ミツバチがダンスを踊るみたいに、女らしい曲線を描く肢体を八の字を描くようにくねらせる。

「もっ、もう……」

とうとう優矢は苦悶にも似た喘ぎを洩らした。射精をこらえ続けている臀部には力がこもり、小刻みにぶるぶると震えている。

「もう我慢できない？」

沙織の問いに、優矢はこくこくと無言で頷いた。

「ふふっ、しかたがないわね」

沙織はお姉さんっぽく笑ってみせた。

名残り惜しそうに亀頭に唇を寄せると、鈴口の中に溢れかえった男汁をぢゅちゅっとすりあげる。まるで一滴も無駄にしないと言っているみたいだ。

肉柱を包みこんでいた乳房から、ふっと力が抜ける。ひっ迫した快感から解放された優矢は安堵の吐息を洩らした。

「まだまだよ……」

沙織は優矢の手首を掴んだ。彼女の視線からラグの上に招いているのがわかる。

ラグに膝をつくと、彼女は縋りつくようにして優矢の体軀を仰向けに押したおした。

「嬉しくなっちゃうくらいに元気なのね」

沙織は額にかかった髪の毛を指先でかきあげた。媚びるような視線をいきり勃った下腹部に感じる。

彼女はショーツを脱ぎおろすと、優矢の腰の辺りに膝をつく格好で跨った。見あげた視線の先で、乳房がゆさゆさと揺れている。

ふっくらとした女丘を覆うように茂った草むらは、綺麗な逆三角形に整えられていた。

膝をついた彼女が少しずつ腰を落としてくる。踏んぞりかえった肉柱の先端に、潤いきった秘密の花園が触れる。

「あぁんっ……」

沙織が悩ましい声をあげた。まぶたを伏せて、女の割れ目に当たる屹立の感触を味わっている。そんな表情だ。

うるうるとした繊細な肉びらが、ペニスにまとわりついてくる。たまらず優矢も、

「あうっ、ああっ……」

と声を発した。

「ああぁんっ、気持ちいいっ……」

沙織は喉元を反らした。くびれたウエストから急激なカーブを描いて張りだすヒップを前後に小さく振って、ペニスの硬さを楽しんでいる。

「ああんっ……いいっ……」

彼女が甘い声をあげるたびに、秘唇から溢れだす泉がとろみを増すみたいだ。

くちゅっ、ぢゅるっ……。

とろっとろの蜜によって、男女の一番敏感な部分がうわすべりする。彼女は腰を巧みに操って、亀頭に花びらを押しあてている。

「ここ、弱いの……おかしくなっちゃうっ……」

沙織は優矢の胸元に手をつき体重を預けると、右の膝をゆっくりとあげた。左の膝は床についたままだ。

わずかに顔をあげた優矢の頭部から一メートルも離れていないところで、秘密めいた部分が露わになっている。

太腿の付け根の部分は、抜けるように白い肌とは明らかに肉の色が違う。優矢は生唾を飲みこむと、目を大きく見開いた。

逆三角形の草むらの下の割れ目は綺麗に剃毛されていた。覆いかくす恥毛がないことで、すべてがあからさまになっている。

太腿の付け根はふっくらとして、薄い肉の花びらを保護する萼みたいだ。その萼から可愛らしい舌を思わせる、二枚の花びらがちらりとはみ出している。

わずかに左右に開いた花びらの内側は、赤みの強いピンク色だ。見るからにデリケートな花弁は、うるうるとした女の蜜にまみれていた。

沙織は甘蜜をローションの代わりにして、秘唇とペニスを密着させている。円を描くように腰を揺さぶると、血管を浮きあがらせた肉幹に花びらがぬちゅぬちゅと絡みつく。

破廉恥すぎる愛撫に、優矢は胸元を喘がせた。それでも、彼女は止まらない。粘液でぬるぬるになっている怒張を右手で摑むと、今度は花びらの合わせ目の頂点に亀頭をこすりつけている。

「ああっ、じんじんしちゃうっ……」

「こんなの……スケベすぎますよ……」

「だって……こうすると……よくなっちゃうの……気持ちよすぎて……どうしようもなくなっちゃう……」

彼女は蕩けるような声を洩らした。花びらの合わせ目には、小さな肉の蕾がちょんと鎮座している。

それは包んでいる薄膜が半分ほどめくれあがり、鬱血したようにピンクの色合いを濃くしている。

卑猥すぎるこすり合わせに、沙織の声が掠れている。粘膜色の性器同士が奏でる卑猥な音に、優矢のボルテージもあがりっぱなしだ。

「クリちゃんだけじゃ……がまんできなくなる。もっともっと……いっぱい、いっぱい欲しくなっちゃうっ……」

ペニスをしっかりと摑んでいた彼女の指先から力が抜ける。びゅくびゅくと上下していたペニスは、にゅるりと彼女の手から逃れた。

沙織は優矢の胸元に両手をついた。

「いいでしょう……？」

彼女が意味深に囁くと、優矢はまるでメデューサに魅入られたように、身動きができなくなる。

彼女は亀頭の先端に濡れそぼった淫裂を押しあてた。少しずつ体重をかけてくる。昂りきったペニスは、すでに十分すぎるほどに臨戦態勢に入っている。

表面がぬめ光るほどに張りつめた亀頭に、ひらひらと舞う蝶々のように肉びらがまとわりつく。

「はあっ……」

「あーんんっ……すごいっ……かちかちだわっ」

沙織はやや乱れた髪の毛を振りながら、悦(よろこ)びの声をあげた。優矢の胸元についた指先に、くっと力がこもる。

まるで針にかかった獲物を絡めとるみたいに、彼女は慎重に腰を使った。逃がさないようにと腰をくにくにとうねらせながら、屹立を少しずつ飲みこんでいく。

彼女の体重を腰の辺りに感じる。熟した女体の重さを感じると同時に、咥えこまれる部分が深くなるのがわかった。

淫液で溢れかえった肉壺は、肉襞(にくひだ)をざわざわと波打たせながらペニスを締めつけてくる。

フェラチオとは違う快感に、優矢も床の上で背筋をぎゅんとのけ反らせた。

きゅっ、きゅうん、ぎゅっ、ぎゅんっ。その不規則で魅惑的な締めつけ。

「くううっ、やっ、やばいですって……そんなにしたら……」

まるで女の子みたいに声が裏返ってしまう。優矢は胸を喘がせるばかりだ。

「いいわっ……すごいっ……かたくて……反りかえってて……」

沙織はこれ以上はないほどに、胸元を突きだした。たぷんたぷんと揺れる乳房の頂が、つきゅっと尖りたっている。

いっそう結合感が深くなる。彼女は大きく息を吸うと、今度は大きく吐きだした。

がつんっ。

肉襞を浮きあがらせる蜜壺に埋めこまれた亀頭の先が、くちばしのように硬いなにかにぶち当たった。

「ああっ、お、奥まで……くっ、くるっ……ああっ、すっごいっ……」

胸元についた沙織の指先が震えている。きりきりと胸元に食いこむみたいだ。

それでも彼女の腰は止まらない。小さく大きくと、咥えこんだ肉柱を中心に円を描くみたいに自由自在に動きまわる。

いまにも沸点を越えそうなほどに心身が昂っている。彼女の悩ましい腰使いによって、玉袋がぎゅんとせりあがっていた。

にゅぷっ、ぢゅぷぷ、ぢゅぶぶっ。

ぶつかり合う男女の結合部が、いやらしい音を立てている。

「はあっ……いいっ、もっと……もっとよ……もっと……うごいて……」

「そっ、そんなこと……言われたって……もっ、もう……限界です……もうっ、でちゃいそうですっ……」

人妻の唇から迸る淫らなおねだりに、優矢は引きつった声を洩らした。

もう限界だった。強烈すぎる快感に、背筋にぴりぴりという歓喜の波が走るみたいだ。

「ああっ、やばいっ……やばいですって……」

優矢は悲鳴にも似た呻き(うめ)をあげた。引きぬこうとしたが、沙織は逃がさないと宣言するみたいに優矢の上に騎乗している。

びゅくっ。彼女の中に飲みこまれた怒張が、大きくぎゅんと上下に弾んだ。

どっ、どぴゅっ、どぴゅんっ……。

堪(こら)えに堪えていた欲望がいっきに噴火する。

煮えたぎったマグマは、亀頭に密着した子宮口めがけて脈動を刻むみたいに打ちあがる。

「ああっ……あつ……熱いっ……いっぱい……でて……でてるぅっ……」

体内に広がる熱さに感極まったように、沙織が身体をうち震わせた。背筋をぎゅんとしならせると、上半身を前後にがくがくと痙攣(けいれん)させる。

「ひっ、ああんっ……いいっ……あっ、熱いの……熱いのがでてるっ……あぁっ、もっ、もう……おっ、おかしくなるぅっ……」

沙織は額に汗を滲ませながら、身体をわななかせ続けた。その息遣いは見ているほうが、息苦しくなりそうなほどだ。

「はあっ……もう……だめえっ……」

彼女は惚(ほう)けたような表情を浮かべると、わずかに腰をあげ、そのまま横向きに倒れこんだ。


どれくらい床の上に身体を横たえていただろうか。

頬に張りついた髪の毛をかきあげる指使いに、優矢はまぶたを開いた。

「んふっ……久しぶりだから……感じちゃったわ……」

のぞき込む沙織の目元からは情念の炎が消え、口調もいつものお姉さんっぽい感じに戻っている。

「でも……」

「えっ……？」

「優矢くんって……相変わらずウブなのね……」

「ウブって……」

「だって、ほら……。わたしにリードされるままなんだもの。アノ晩もそうだったわよね。もしかして、あれからあまり経験がないとか……？」

彼女は少しだけ得意げな笑みを浮かべた。七歳の年齢の差は、いつまで経っても縮まることはない。

確かに彼女の言うとおりだ。

先々のことを考えて選んだ理工系の大学は、男子学生に比べると女子学生は圧倒的に少なかった。電気関係の職場も同じようなものだ。

恋愛の対象になるような年代の女性とは、出会う機会そのものがほとんどなかった。経験らしい経験といえば、あの夜の沙織との出来事だけだった。

ましてや、唐突に人妻だと聞かされたら、こちらから積極的に攻めることなどできるわけもなかった。

しかし、それを言葉にするのは憚られた。人妻だとわかっていて、関係を持ったのを認めてしまうことになるからだ。

「ホントはね、女ってリードされたかったりもするのよ……。ふふっ、覚えておいてね」

沙織はしたり顔で囁くと、優矢の頬に唇を寄せた。

第二章　奥様の破廉恥おねだり

「じゃあ、頼まれてるLEDの取りつけに行ってくるから」

「頼んだわよ。ご新規さんだから、くれぐれも丁寧にね」

パンフレットと工具バッグを手にした優矢に、母親の由紀恵が声をかける。部屋の大きさに対応した数種類のLED照明器具は、すでに配達用の車に積んでいた。

それは取りつけ前に、相手に選んでもらうためだ。

「うちみたいな小売店はフットワークの軽さと親切、丁寧がモットーだからな。電球一個の取り替えが、別の家電の購入にも繋がるんだぞ」

店の奥で、新製品のカタログに視線を落としていた父親の将も声をかける。

「わかってるって。いつまでもガキじゃないんだから」

優矢はやれやれと肩をすくめた。

実家を継ぐために戻ってきて、早くもひと月が経っていた。それでも両親の心配は尽きないようだ。

新規の客の家は、駅前から少し離れた住宅街の中にある。都心への通勤圏ということもあって、この辺りはいまも宅地の開発が進んでいた。

カーナビで検索すると、目当ての家に容易（たやす）くたどり着くことができた。

二階建てで玄関先にはカーポートがあり、ワンボックスタイプの車が一台止まっていた。

純和風というよりも洋館風のモダンな造りだ。ブロック塀には、母親から手渡されたのと同じ「的場（まとば）」という名前の表札がついていた。

カーポートには二台は入らないので、まずは荷物だけをおろして通行の邪魔にならない場所を選んで車を止めた。

玄関のチャイムを鳴らすと、すぐにインターフォンから反応があった。

モニターでこちらの姿を確認したのか、がちゃりと鍵を外す音が聞こえ、玄関のドアが開く。

「助かるわ。さっ、入って」

現れた美女は百合絵（ゆりえ）と名乗り、すぐに優矢を中に迎え入れてくれた。

名は体を表すとしたら、ほっそりとした彼女の肢体はまさにすくっと茎を伸ばした百合の花を連想させる。

取りつけ依頼の電話を受けた母からは、『的場さんのお宅の奥さん』とだけ聞いていたが、想像していたよりもずっと若々しく思える。ぱっと見た感じでは三十代半ばくらいに見えた。

沙織と同い年くらいだろうか。肉感的な沙織とは違い、身長は百六十五センチほどでスレンダーなタイプだ。

肩よりも少し短い黒髪は、やや前さがりのボブカットだ。控えめなメイクを施した、すっきりとした目元にはスリムな眼鏡をかけている。

薄めの唇とすっと伸びた鼻筋。沙織のように見るからに色香が漂うというタイプではなく、クールビューティという言葉が似合う妙齢の美女だ。

淡いグレーのブラウスに、細いピンストライプの入った黒いスカート。

膝上十センチほどのミニスカートの裾からは、脛が長いほっそりとした足が伸びていた。生足ではなく、黒いストッキングを穿いている。

自宅でのんびりと寛ぐ部屋着というよりは、ランチにでも出かけるのではないかと思う洒落た装いだ。隙がないモノトーンでまとめたファッションに、思わず見惚れてしまいそうになる。

そんな優矢の脳裏をよぎったのは、母の由紀恵の顔だった。

狭い地域で商売をしているのだ。変にじろじろ眺めたりして百合絵に訝しまれ、つまらない噂でも立てられたら、困ったことになりかねない。

いらぬ好奇心を追いだすように、優矢は胸の中で深呼吸をした。

百合絵に案内されるままに、まずは一階の奥にあるリビングへと通された。

シックな装いの彼女の好みなのだろうか。ロータイプのソファなどの家具は黒に近いブラウンで統一されている。

落ちついた空間の中で目を引くのは、白い壁に飾られたハガキほどのサイズの写真が縦横に組みあわせられたフォトフレームだった。

写真に写っているのは、目の前に佇む百合絵に間違いない。

沙織の家のリビングにも写真は飾られていたが、それとは少し趣きが違う。写っているのは彼女だけだ。この家の主とのツーショットは一枚もない。

印象が違うのは、写真の中の百合絵は眼鏡をかけてはいないことだ。よくよく見ると、印刷された質感が写真とは若干異なっている。

「ああっ、その壁の写真ね。あんまり見ないで」

「これって、奥さんですよね？」

「ええ、そうなんだけど……。それは雑誌から切り抜いたものなの」

「雑誌ですか？」

「ミセス向けのファッション誌なんだけれど。以前にね、読者モデルをしていたことがあったの。そのときに掲載されたのを飾ってるの。いやだわ、自慢してるみたいに思われちゃうわね」

「そうなんですか、モデルさんですか。すごいですね」

優矢は写真と百合絵を見比べ、感嘆の声をあげた。

彼女は優矢の視線をかわすように、するりと背中を向けた。しかし、その口調は本気で恥ずかしがっているようには思えなかった。

照れてみせてはいるが、自身の容姿に対する自信が垣間見える気がした。本気で隠すつもりであれば、来客が訪ねてくる前に外すこともできただろう。

切り抜きのひとつひとつはけっして大きなサイズではないが、ばっちりと決めたファッションも相まってスタイルのよさが際だって見える。

その中にスリムな身体にフィットする、Ｖネックのセーターを着ているショットがあった。

横から見るとため息が洩れるほどに華奢（きゃしゃ）なのに、胸元は女らしい丘陵を描いていた。

そのふくらみはBカップはあるに違いない。

グラビアアイドルのようにスレンダーな体形でも、あるべきところには、しっかりとふくらみがあるようだ。

写真の中でポーズを取る百合絵に、興味が湧いてくる。フォトフレームの中のファッションは、まったく古さを感じさせない。

おそらくは数年以内に撮影されたものだろう。

しかし、相手はあくまでもお客さまだ。それも新規客ともなれば、なおさら気を遣わずにはいられない。

「今回は二階の寝室の照明を取り替えようと思ってるの」

「ええ、広さが十畳くらいでシーリングライトをご希望だとうかがっています。明るさにはお好みがあるかと思いますが、いまはリモコンで色のトーンや明るさも変えられるんですよ」

パンフレットと現物が入った段ボールを前に説明をする。

「いまは便利な機能がついてるのね。わたしは電器関係のことは、てんで疎くって。主人は忙しいから、家のことはわたしに任せっぱなしなの。天井に取りつけることを考えると、女ひとりじゃ難しいでしょう。取りつけまで面倒を見てくれるお店のほうが、やっぱり安心だわ」

百合絵はパンフレットを見比べながら、感心したように頷いている。

「うちは昔から電球や電池ひとつでも、お取り替えにうかがっていたんです。機械ものは苦手だとおっしゃるかたも多いですからね」

パンフレットをのぞき込んでいた彼女は、銀縁の眼鏡のツルを指先でつっとあげた。左手の薬指に嵌めた指輪が、鈍い銀色の輝きを放っている。

読者モデルをしていたと聞いているせいか、細かな仕草ひとつも華やいで思えるから不思議なものだ。

パンフレットに見入る百合絵の首筋の辺りから、かすかに香水の匂いが漂ってくる。深い森林を思わせるウッディな香りの奥に、女性らしい仄かな甘さも感じられる。いかにも大人の女という雰囲気の香りが、凛とした彼女のイメージと重なった。

「そうね、シンプルなほうが飽きがこないかしら?」

ひとり言のように百合絵が呟く。

「そうですね。実際にお部屋を見せていただいたほうが、ご提案がしやすいかもしれませんね」

「おっしゃるとおりだわ。やっぱりプロに任せたほうが安心よね」

優矢の言葉に賛同するように、百合絵は胸元で手を打ちならした。

シャープな顔立ちのせいか一見クールな印象だが、弾むような口調はうら若い女のような可愛らしさを感じさせる。

ＬＥＤライトを取りつけるためには、どのみち寝室に入らなくてはいけない。

読者モデルをしていた美女が毎夜寝ている場所だと思うと、なんとなく心が浮足だつ。

そんな胸のうちを悟られないように、優矢は好奇心をそそられていないふうを装った。


階段をあがると、百合絵が一番奥まった部屋のドアを開けた。ひと気のない部屋はフットランプだけが灯（とも）っている。

彼女が入り口に近いスイッチを入れると、薄暗かった室内が明るくなった。

二階の寝室もリビング同様、落ちついた雰囲気だ。左右の壁際に沿うように、ベッドがふたつ置かれていた。

それぞれのベッドサイドには、小物などを収納できる小ぶりのサイドテーブルが置かれている。

室内のようすから、ダブルサイズやそれ以上に大きいベッドに一緒に寝ているのではなく、別々に寝ていることがわかった。

さりげなく観察すると、入り口に近いほうのベッドがシングルサイズ、奥側がやや広いセミダブルサイズになっている。

サイズが異なる、ふたつのベッドは枕カバーや布団カバーの柄が統一されていた。

昨夜の就寝の痕跡がわからないようにきちんと整えられたベッドは、まるでビジネスホテルみたいだ。

この家を管理しているであろう、百合絵の美的センスが如実に現れている気がした。

年上の美女が夜を過ごす寝具に、好奇心を駆りたてられないわけがない。

じろじろと見ては失礼だとは思っても、視線だけを遊ばせて室内のようすをちらちらと盗み見てしまうのはしかたのないことだった。

百合絵は天井を見あげながら、パンフレットの画面と現在取りつけられている照明器具を見比べている。

「ええと、ですね。照明を取り替えるとなると、カーテンは開けたほうがいいと思います。いま点けているライトを外すと、真っ暗になりますからね」

「ああ、そうよね。忘れていたわ」

優矢の言葉にはっとしたように、彼女は厚手の遮光カーテンを引いた。

寝室の窓は出窓タイプになっているようだ。ミラータイプの白いレースのカーテン越しに、午後の陽射しが入ってくる。

えっ……。

優矢の目は遮光カーテンが引かれた出窓の縁に、そっと隠すように置かれたものに釘づけになった。

声になりかけた驚きを、優矢はとっさの機転で飲みこんだ。

白いレースのカーテン越しに見えたもの。それは優矢が日頃から見慣れているモノに、形状がよく似ていた。

驚嘆の声を喉の奥に追いやった優矢の肩先が、小さく上下に蠢く。作業着に包んだ体躯は、出窓のほうを向いたまま止まっていた。

「あっ、いやだっ……」

吸いよせられた優矢の視線に気づいたように、百合絵はカーテンに覆いかくされたものを慌てて隠そうとした。

焦る彼女の仕草からは、優雅さや余裕めいたものは消えていた。とっさに手にしたため、レース生地で隠れていたものが露わになる。

百合絵が慌てふためいて隠したもの。それはパープルの男根型のバイブレーターだった。

太さは優矢が完全に勃起したときよりも、少し控えめなくらいだろうか。男根を模した竿はカリがぷりんと大きく張りだし、その根元からはローターのようなものも生えている。

ローターの先端からは、細い舌のようなものも伸びていた。

ビデオなどでは見たことがあるが、実物を目にするのは初めてだ。男のイチモツを真似ているのに、それは優矢の目には妙に生々しく映った。

「あっ、いやだっ……あっ、これは……」

百合絵は破廉恥な疑似性器を手にしたまま、視線を彷徨わせた。ごまかすように懸命に言葉を探しているのに、手にしたバイブレーターを背中側に回して隠そうとはしない。

丸見えになったオトナの玩具から、彼女の動転ぶりが伝わってくるみたいだ。

ヴヴッ、ヴヴィィィーッ……。

動揺する百合絵が強く握りしめたからだろうか。

彼女が胸元で摑んだ紫色の男根が、いきなり鈍い音を立てて動きはじめる。

ただ単にブルブルと振動するだけではなく、男根そのものが低く響く音に合わせ、くねくねと動いている。

本物とは似ても似つかない色の男根が左右に動くさまは、本物を自身の身に持つ優矢の目にもひどく卑猥に見えた。

「ああんっ、あんまり見ないでぇ……」

百合絵はバイブレーターの動きを止めることも忘れ、恥ずかしそうに目尻を歪めた。

スリムな銀縁の眼鏡が醸しだす楚々とした人妻の印象と、目の前でうねうねと蠢くバイブレーターのギャップがありすぎる。

優矢は喉の奥から、ぐむぅっと声を洩らした。

見て見ないふりをするにも、少しも驚いてなどいないふりをするにも限界というものがある。

それにしてもだ。いくら狼狽えているとはいえ、百合絵はどうしてバイブレーターの動きを止めようとしないのだろう。

優矢の目から慌てて隠そうとしたということは、少なくともこれがどういった類のものかはわかっているからに違いない。

そうでなければ、彼女の一連の動作は不自然だ。

ギュインッ、ギュンッ、ヴヴィィーンッ。

バイブレーターから響く音は心の奥に沈んだ澱(おり)を掬(すく)い、無理やりかき乱すみたいだ。知的な人妻を前にして抑えようとしていた好奇心が渦を巻き、心の水面めがけて急激に浮かびあがる。

「ふはぁっ……」

優矢は胸を波打たせた。

露骨に見てはいけないと思っても、バイブレーターのうねりから視線を逸らすことができない。

「わっ、わたしのこと……」

「えっ……なんですか？」

「わたしのこと……エッチな道具を使ってる……いっ、いやらしい女だって思ったんでしょう？」

振動音を立てるバイブレーターを握りしめながら、百合絵が問いかけた。

「そっ、そんなこと……」

「そんなふうには思わない？　本当に思っていない？　バイブなんかで悦んでる女だって思ったりしない？」

彼女は言葉を重ねた。

その視線はじっとりと絡みついてくるみたいだ。ねちっこさを感じさせる眼差しを浴びると、身体が委縮してしまう。

優矢は懸命に言葉を探った。なのに、緊張に渇いた喉は気の利いた台詞を発することができない。

「わっ、わたしだって……」

百合絵はまぶたを瞬かせた。銀縁のフレームの奥でまつ毛が上下する。

「わたしだって……寂しいの……。主人が帰ってくるのはいつも午前様。たまにわたしからおねだりをしたって、疲れてるって……。そんなの……ひどいと思わない？」

彼女は切なさを抱きかかえるように、鈍い音を奏でるバイブレーターを胸元に引きよせた。

妙齢の美女の口から発せられた「寂しい」という言葉が、沙織とオーバーラップする。

量感は控えめながらも、つぅんと形のいい胸元にバイブレーターが触れる。振動音がワントーン低くなる。

「はあーんっ……」

ブラウスに包まれた乳房に、唸るバイブレーターの振動を感じたのだろうか。百合絵は悩ましい声を洩らして、スレンダーな肢体をしならせた。

目の前には若い男がいる。それなのに、どうして……。

Bカップのふくらみに、牡の視線が惹きよせられる。規則正しい振動に呼応するみたいに、綺麗な稜線を描く美乳が震えている。

まざまざと見せつけられると、どうしたって身体が反応してしまう。それはいたしかたのないことだった。

「あぁーん、あんまり見ないでぇ……。あんっ、はっ、恥ずかしいっ……」

言葉とは裏腹に、百合絵は女盛りの肢体を揺さぶる。

「もっ、もしかして……」

「あぁーん、なぁにぃ……？」

「もしかしてですが……僕のこと、誘ってます？」

優矢は胃の奥底の辺りから、矢継ぎ早に湧きあがってくる疑問をようやっとの思いで口にした。

「あーん、やっと気づいてくれたの……」

彼女ははぁっと吐息をこぼしながら、とろっとした声を洩らした。眼鏡の奥のその瞳は、うっすらと水膜を張ってみえる。

「だっ、だったら……」

「だったら……って……？」

「もっと、もっと僕を挑発してくださいよ。そうでないと、僕だってソノ気になりませんよ」

優矢は駆けひきめいた台詞を口にした。

お客さまに対して自ら関係を迫ったとなれば、大変なことになるかも知れない。しかし、向こうから強引に誘われたとなれば話は別だ。

ましてや相手は人妻だ。女のほうから誘惑したとしたら、他言される心配もないだろう。

これは女性経験がほとんどない優矢なりの目論見だった。

「ちょ、挑発って……ずいぶんと大胆なことを言うのね」

即座には乗ってこない優矢の態度に拗ねたように、百合絵はかすかに鼻を鳴らした。

それでも自暴自棄になって、バイブレーターを放り投げたりはしなかった。

自宅に招き入れた若い男に誘いをかけたのだ。彼女だって相当の覚悟を決めているに違いない。

優矢はごくりと喉を鳴らすと、あえて言葉を発することなく百合絵の仕草を見守った。のるかそるか、それは彼女の出方次第で決めればいい。

そんなふうに思えたのは、沙織との出来事があったからだ。焦らされれば焦らされるほどに、意地みたいな感情が湧きあがる。

いったん欲情の火が点いた身体は男であれ女であれ、そう簡単には鎮まらないはずだ。それは優矢自身が実体験で知っていた。

「真面目そうに見えるのに……。意外と……いやらしいのね」

にじり寄る素振りさえもみせない優矢に、百合絵は恨めしげな声を洩らした。

ブラウスの胸元に押しあてたバイブレーターは、ヴィィィーという鈍い音を立てて動きつづけている。

「ちょ、挑発なんて……どうしろって言うの？」

そう尋ねられて、優矢ははたと考えた。

ここまできても、まだ戸惑いは完全には消えていない。この家に入ってから、他人の気配を感じたことはなかった。

それでもだ。いざという局面になって、突然誰かが踏みこんできたりしたらとんでもないことになる。

相手は夫に構ってもらえず、肉の渇きに飢えた人妻に見えるが、万が一ということもある。

美人局……どこかで聞いたような単語が頭をかすめた。

あるいはこちらがソノ気になったところで、急に気が変わったと肩透かしを食らわない保証はない。

男女を問わず、異性を陥落させる過程をまるでゲームみたいに楽しむ、不埒な輩だっている。

代々続く家業を継いだばかりの身としては、臆病とも思えるほどに慎重にならざるを得なかった。

「だっ、だったら……」

「えっ、だったら？」

「それを使ってるところを見せてください」

優矢の口から出たのは、自分でも驚くほど刺激的な言葉だった。

「えっ、これを使うところって……。まさか……あなたの目の前でオナニーをしろって言うの？」

百合絵はバイブレーターを手にしたまま、身体を硬直させた。

異性に自慰行為を目撃されるほど恥ずかしいことはない。男の優矢でさえ、そう思うのだ。

女ならば、男以上にそれは恥辱的なことに違いない。逆を言えば、こちらの言葉に従うかどうかによって、彼女の本気度を推し量ることができる。

沙織に翻弄されたせいだろうか、あまり経験もないくせに、優矢は多少なりともオトナの男と女の駆け引きができるようになっていた。

「だって、バイブがそんなふうに動くのを見たら、興味が湧くじゃないですか。奥さんがいつもどんなふうにしてるのかなって。初めて会った男に寂しいって言うくらいなんだから、毎晩ひとりでオナニーをしてるんじゃないですか？」

口元を強ばらせる彼女を見ていると、少し意地の悪いことを言って、わざと困らせてみたくなる。

「そっ、そんなこと……」

優矢の言葉に、百合絵は困惑の表情を隠せずにいる。

複雑に入り混じる胸中を表すように、彼女の切れ長の瞳の中の黒目が右へ左へと落ちつきなく動いていた。

「わっ、わかったわ。言うとおりにすればいいのね」

そう言うと、百合絵は下唇を噛んだ。やや伏し目がちの目元が、性的な好奇心に逸る男の下心をくすぐる。

「ああんっ、こんなのって……こんなの……恥ずかしすぎるっ……」

彼女は絞りだすような声を洩らすと、シングルサイズのベッドの縁に腰をおろした。しなやかな指先が摑んだバイブレーターは、依然として規則正しい振動音を立てつづけている。

ベッドに腰かけた彼女に向かいあうように、優矢もセミダブルサイズのベッドに尻をついた。

百合絵は唸るような音を立てるバイブレーターをベッドに置いた。ベッドに置かれたことで振動音が鈍くなる。

ブラウスの襟元に手を伸ばすと、優矢の視線を意識するみたいに、前合わせのボタンをひとつずつ外していく。

天井からの照明を受けて、左手の薬指の指輪がきらりと光を放った。シンプルな銀色の指輪が、彼女が人妻だということをいっそう強く印象づける。

ボタンが外れたことにより、ブラウスの前合わせがしどけなくはだける。見るからにしっとりとした素肌が、徐々に露わになっていく。

第三ボタンまで外れると、緩やかなラインを描く乳房のふくらみを覆いかくすランジェリーがのぞいた。

控えめだが形のいい胸元を包んでいるのは、ブラジャーだけではなかった。その上にスリップを着ている。艶々（つやつや）とした赤いサテン生地の縁には、黒いレースやリボンが縫いつけられている。

ウエストの辺りまでボタンを外すと、百合絵はブラウスの裾をスカートから引きずりだした。

ボタンがぜんぶ外れたブラウスは左右にはだけ、その下からベッドに座ったことで裾がずりあがったスカートがちらりと見えた。

男の目を意識したような仕草は、少しまどろっこしく思える。優矢の身体はいつしか前のめりになっていた。

百合絵は身体をよじると、背後に手を回した。腕の動きからスカートの後ろホックを外し、ファスナーを引きおろしているのがわかる。

彼女は上半身をやや前傾姿勢にすると、わずかに尻をあげ、下半身を包むスカートをずりおろした。

左右にはだけたブラウスの裾からは、目にも鮮やかな赤いスリップがちらちらと見え隠れしている。

「そんなふうにじっと見られたら、ヘンな気持ちになっちゃうわ……」

百合絵は下半身から引きぬいたスカートをまるめると、拗ねたように唇を少し尖らせながら、優矢に向かって放り投げた。

さらに身体をくねらせて、ブラウスから腕を引きぬいた。それもスカートと同じように投げつける。

恥じらいを滲ませる所作は、年上の女には似つかわしくない可憐さを感じさせた。

彼女は赤いランジェリー姿になった。肢体の動きに合わせて光沢を放つスリップの胸元や裾には、黒いレースやリボンがたっぷりとあしらわれている。

熟女の身体を包む赤い布地を見ていると、闘牛みたいに突進したい気持ちに駆られる。

しかし、ここでがっついては、年上の女に笑われてしまいそうだ。

優矢は百合絵に気づかれないように鼻から大きく深呼吸をして、いまにも急発進しそうな感情を必死で押しとどめた。

「ひとりでしてるところを、オナニーするところを、見せてくれるんじゃないんですか？」

優矢はわざと素っ気ない感じで言った。

「ああんっ、やっぱり……しなくちゃ……だめ？」

百合絵は胸元を隠すように腕を交差させた。Ｂカップの胸元に、やや浅めの谷間が刻まれる。

きつく抱きしめたら折れてしまいそうなほど細身（ほそみ）なので、逆にふたつのふくらみが強調されるみたいだ。

「嫌ならいいんですよ。ぜんぜん構いません。僕は頼まれた作業をして、そのまま帰りますから」

優矢は突き放すように言った。

読者モデルの下着姿を見せつけられているのだ。興奮していないはずがない。作業着のズボンの股間には欲望が滾っている。

厚手の生地でなければ、ペニスが男らしさを蓄えているのがバレてしまうところだ。しかし、余裕のなさは赤いスリップ姿の彼女のほうが上だった。優矢の身体の変化に気づく余裕はないらしい。

「あーんっ、はっ、恥ずかしいっ……こんなの……恥ずかしすぎるっ……」

百合絵は屈辱感に口元を引きつらせた。肉欲と人妻としての立場が、激しく葛藤しているのが見てとれた。

沙織にはいいように振りまわされた。それなのに、今度は自分が人妻を籠絡（ろうらく）している。そう思うと、優越感が沸々（ふつふつ）と込みあげてくる。

「いつもひとりでしてるんでしょう。僕にも見せてくださいよ」

優矢はベッドの上で身体を頑なにしている百合絵に畳みかけた。

「あーん、えっちぃ、すけべっ……」

彼女は端整な顔を歪めると、苦渋の声を洩らした。しかし、その声はどこか甘ったれたように鼻にかかっている。

百合絵は小さく息を吐き、かけていた銀縁の眼鏡を外した。身体を傾けて、ベッドサイドの小さなテーブルの上に眼鏡を載せる。

「よく見えないほうが……恥ずかしくないもの……」

百合絵は自分に言いきかせるみたいに呟いた。シャープな面立ちの彼女をより知的に見せていた眼鏡を外したことで、雰囲気ががらりと変わる。

ヴヴヴッと振動するバイブに、ゆっくりと百合絵の手が伸びる。

バイブレーターのコントローラー部分を右手で掴むと、真っ赤なスリップに包まれた胸元に引きよせた。

パープルのバイブレーターは、根元から二股にわかれている。

長いほうは男性器を模しているが、短いほうはローターのような形状をしていて、そこから長い舌のようなものが伸びていた。

百合絵はローター部分をスリップに覆われた左の乳房にあてがった。乳房に触れたことで、振動音が鼓膜の奥に響くような低音に変わる。

「ああっ……んっ、んんっ、はあっ……」

ベッドルームに彼女の悩ましい声が響いた。顎先をくっと前に突きだした弾みで、ボブカットの髪の毛がさらりと揺れる。

百合絵は目を閉じていた。意識を集中して、ローターのヴヴッという振動を味わっているみたいだ。

振動音と重なるようにこぼれる吐息がなんともなまめかしい。

思わず、作業着のズボンをずりおろして、血液を漲らせたものをまさぐりたくなる。

優矢は懸命にその衝動をこらえた。

辛抱すればするほど、絶頂に達したときの至福感が大きい。それを実感したのは、沙織との情事だった。

彼女はまぶたをぎゅっと伏せて、スリップの胸元にローター部分を潜りこませている。息遣いに合わせ、反らした胸元が小さく大きく波打った。

「はあっ……こんなの……こんなの……いやぁん……はずか……恥ずかしぃ……」

うわ言みたいに百合絵が繰りかえす。

破廉恥なひとり遊びを年下の男に見られていることに、心身が昂っているのが伝わってくる。

身体をくねらせる彼女の姿は、間近で観賞するには刺激が強すぎるほど煽情的だ。

「ああっ……だめっ……みられると……よけいに……かっ、感じちゃうっ、感じちゃうのぉ……」

百合絵は半開きの唇をぱくぱくさせながら喘いでいる。

「いいっ……気持ちいいっ……ああんっ……いいっ……」

彼女の左手が胸元に伸びる。色鮮やかなスリップとブラジャーを無理やり押しさげると、ちゅんと硬く尖りたった果実が現れた。

胸のふくらみに比較すると、やや色素が濃い乳首は少し大きめに見える。

百合絵はぴぃんと突きだした乳首に、ヴンヴンと唸るローターから伸びる舌先を押しつけた。

ぷるぷるという舌先の繊細な動きを享受しながら、彼女は背筋を弓のように反らした。

スリップから片方の乳首だけが露出しているのが、なんとも言えないほどエロティックだ。優矢の息遣いも荒々しくなる。

「いつもこんなふうにしてるんですか？　奥さんって、本当にいやらしいんですね」

優矢は揶揄（やゆ）するように囁いた。わざと奥さんという単語の語気を強める。

「あんっ……だめっ……奥さんなんて……こんなときに……奥さんなんて……そんなふうに言っちゃ……だめえっ……奥さんなんて……呼ばないでえっ……」

「だって、奥さんじゃないですか。それ以外に、なんて呼べばいいんです？」

優矢の言葉に、百合絵は嫌々をするように髪をふり乱した。

「いやぁんっ……奥さんなんて……」

「だったら、どう呼べばいいんですか？」

「はあっ、あっ……ゆり……百合絵って……百合絵って呼んでえっ……」

百合絵は恥じらいに身もだえしつつ、自身の名前を口にした。

左の乳首にローターを押しあてながら、百合絵はなよやかに身体を揺さぶった。スリップの裾が乱れ、太腿の付け根の辺りまでめくれあがる。

「うあっ……」

今度は優矢が驚きの声を洩らした。彼女は黒いストッキングを穿いていると思っていた。

その証拠にスカートから伸びたほっそりとした足は、蜻蛉(とんぼ)の羽根を思わせる薄い生地で覆われていた。

しかし、足を包む薄衣は太腿の付け根よりも五センチほど下の辺りで途切れていた。編み模様が変わる上端は、ガーターベルトから伸びるサスペンションで繋ぎとめられていた。

「これは……ガッ、ガーターベルトなんて……百合絵さん、反則ですよ」

「はっ、反則なんて……。こういうのは……嫌い？」

「嫌いなんて……。嫌いじゃないですけれど……」

刺激が強すぎます、という言葉を優矢は飲みこんだ。

「あっ、あんまり……見ちゃ……だめえっ……」

百合絵はしなやかに肢体をくねらせた。見るなと言っておきながら、無駄な肉のついていない太腿を揺さぶってみせる。

血のように赤いスリップは、すっかりまくれあがっていた。太腿の付け根の辺りから、スリップとお揃いのショーツがちらりとのぞく。

「はあっ……こっ、こんなの……」

彼女は胸元にローターを当てたまま、左手をすべり落とした。

左手の指先がたゆたうような妖しい動きをみせる。まるでピアノの鍵盤を軽く押さえるみたいな動きだ。

迷いをみせた末に、左手の指先は太腿のあわいに隠れたショーツの底にたどり着いた。

「ああっ……」

百合絵は惑乱の喘ぎを洩らした。ショーツの底に触れた指先が、なにかに驚いたように小さく蠢く。

「やぁん……こっ、こんなに……ああんっ、ぬるぬるになってるっ……」

彼女は羞恥に悶えるように声を振りしぼった。

優矢はその声に誘われるみたいに、上半身をぐっと乗りだした。視線の先のショーツのクロッチ部分に、濡れたような縦長のシミが広がっていた。

ショーツの奥に潜んだ恥ずかしい部分の形をなぞるように、百合絵の指先が上へ下へと往復する。

見る間に濡れジミがじわじわと大きくなっていく。ぬるぬるとした蜜によって、指先がショーツの上をなめらかに這いまわる。

ひとり遊びに興じる彼女の姿は淫猥きわまりない。指先でクリックするだけで、こんなにも夥しい愛液を滲ませるのだ。

ヴヴィーンとけたたましい音を立てるバイブレーターを使って自慰行為をしたら、どれほどの蜜を滴りおとすのだろう。

百合絵の乱れっぷりを想像するだけで、優矢はズボンの中にしまい込んだ肉棒がびくびくと跳ねるのを感じた。

彼女がベッドの上で身体を泳がせるさまを見たくてたまらなくなる。

「だめだよっ、もっと……もっとちゃんと見せてよ」

優矢はベッドから立ちあがると、シングルベッドに腰をおろした百合絵の肩先をがっちりと摑んだ。

枕のほうに頭を向けさせ、その身体を仰向けに押したおす。

「あーんっ……」

彼女はベッドの上で身体を弾ませた。優矢はストッキングに包まれた足首を捕まえると、肩幅よりも大きく割りひろげた。

鼻先に甘酸っぱい匂いが忍びこんでくる。男の体臭とも香水とも違う、女らしいフェロモンにまみれた香りだ。

優矢はふんふんと鼻を鳴らすと、牡の攻撃本能を煽りたてるような香りを胸いっぱいに吸いこんだ。

「ほらっ、いつもみたいにやってみせて。バイブを使うところを見せてください」

そう言うと、優矢はバイブレーターを摑んだ百合絵の右手を下腹の辺りへと強引に引きよせた。

「もうっ……ホントに……えっちなんだからぁ……」

彼女は黒髪をふり乱した。仰向けになったことで左の乳首だけでなく、右の乳首もブラジャーからこぼれ落ちる。

恐る恐るというように、百合絵はバイブレーターを太腿の付け根に近づけた。

ペニスに酷似した幹の部分ではなく、細い舌状のものがついたローター部分を敏感な部分にあてがう。

強くこすりつけるのではなく、腰をわずかに浮かせて、ローターから伸びる舌先が触れるか触れないかのソフトなタッチを楽しんでいる。

「ああっ……いいっ……すっごく……いいっ……気持ちいいっ……」

ショーツの船底には、女の縦割れから溢れでた蜜で淫らな池ができていた。とろっとした蜜によって、ローターがショーツの上をなめらかに舞う。

ショーツの中の変化は、二枚重ねになっている股布の上からでもはっきりと見てとれた。

小豆くらいの大きさにふくれあがった肉蕾が、愛液まみれのクロッチを押しあげている。ショーツの中で自己アピールしているクリトリスを見ると、百合絵をもっともっとよがらせたくなる。

「ほら、一番感じるところにちゃんと当てなきゃ」

優矢はバイブレーターを握りしめた彼女の手を摑んだ。細い舌先ではなく、小刻みに振動するローター自体を肉豆にぐっと押しあてる。

「あっ、ああっ……だっ、だめっ、だめっ、だめっ、だめえっ……こんな……」

百合絵は狂乱の声をあげた。太腿の内側には力が入り、ふるふると震えている。

「だめって……。だめじゃないよね。だって、ココはこんなに悦んでるよ」

優矢はささやかな優越感を覚えていた。沙織にいいように弄ばれた自分が、薬指に指輪が光る人妻にあられもない声をあげさせている。

そう思うと、ズボンの中のペニスも誇らしげに脈を刻むみたいだ。

「ああっ、だっ、だめっ……それ……そこ……弱いのぉ……感じすぎて……ヘンになるぅ……はああっ、いやっ……いっ、イクッ、イッ……ちゃっ……」

百合絵は甲高い声を迸らせると、上半身をベッドからわずかに浮かびあがらせた。不自然に宙に伸びた左右の足のつま先が、ぎゅっと丸まっている。百合絵はそのまま上半身をがくがくと前後に戦慄かせた。

膝を合わせるように内腿にぎゅっと力がこもり、彼女の手を摑んだ優矢の手を挟みこむ。百合絵の額からは、汗がじゅわっと噴きだしている。

苦しそうにも思える激しいイキっぷりは見ているだけで、こちらまで迂闊にも噴射してしまいそうになる。

「はあっ……イッ……ちゃった……」

百合絵は惚けたように呟いた。その肢体は不規則に痙攣している。彼女の指先から解放されたバイブレーターは、ベッドの上で振動を続けていた。

「本当にイッたの？」

優矢は全身にうっすらと汗を滲ませた百合絵に、底意地の悪い質問をした。

白濁液を発射する男とは違い、女はイッたふりをすることがあると友人から聞いたことがあった。

「もうっ、クリちゃんに押しつけるんだもの。演技なんかする余裕なんて……ぜんぜんないわよ」

百合絵は胸を弾ませながら答えると、優矢の手首を摑んだ。とろんとした眼差しを向け、優矢の指先をショーツのクロッチ部分へと導く。

ショーツ越しに、人差し指の腹に硬くしこり立った肉蕾が触れる。

それは鼓動を刻むみたいにどくっ、どっくんと脈を打って、優矢の指を押しかえした。まるで彼女の心臓の動きとシンクロしているみたいだ。

「ねっ、クリちゃんがびっくんびっくんしてるでしょう。わたしだけかも知れないけれど、イクとこういうふうになるの。痙攣の真似はできたとしても、ココだけは演技で動かすなんてできっこないでしょう？」

百合絵はエクスタシーの余韻が残る身体を、陸に打ちあげられた人魚のように震わせながら囁いた。

「そういうもんなんだ？」

「そういうものよ」

指先に感じたクリトリスの脈動は確かなものだった。百合絵の言葉どおり演技で動かしているとは思えない。

優矢は知らぬ間に喉が鳴るのを覚えた。指先に感じる、ふくれきってとくとくと脈打つクリトリス。それを自身の目で確かめたくてたまらなくなる。

「見せて……」

百合絵の答えを待たずに、優矢はスリップの裾をめくりあげた。ほっそりとくびれたウエストには、スリップとお揃いのガーターベルトを着けている。

よく見ると、ガーターベルトの上からショーツを穿いているのがわかった。ビキニタイプのショーツに手をかける。

百合絵と視線が重なる。彼女はいいわと言うように、視線をすっと逸らした。

拒まないことが優矢の背中を押した。手にかけたショーツをゆっくりと引きずりおろす。

ブラジャーとスリップは着けている。それなのに、黒々とした茂みが丸見えになっている。髪の毛とは質の異なる縮れた毛は、その両サイドが大胆にカットされていた。縦に長い長方形に整えられた草むらに、優矢の熱い視線を感じたのだろう。百合絵はガータータイプの黒いストッキングに包まれた太腿をすり合わせた。

これ見よがしにされるよりも、秘められたほうが女の色香が強く匂いたつ。

「すっごいっ、色っぽい……。見たくてたまらなくなる」

それは本心から出た言葉だった。優矢は彼女の太腿に両手をかけると、やや強引にそれを左右に割りひらいた。

「もっと、ちゃんと見せて……」

「あっ、恥ずかしい……」

百合絵は唇をきゅっと結ぶと、まぶたを伏せた。先ほどまでショーツの上からバイブレーターを当てて、オナニーに興じていた人妻とは思えない恥じらいようだ。

彼女をもっともっと知りたくなる。優矢は百合絵の両膝を摑んだ。力を込めて、両膝を高々と掲げもつ。

剝きだしになった秘肉から漂う芳醇な香りが強くなる。花に誘われる蝶々のように、優矢は芳しい匂いを放つ女花をのぞき込んだ。

「やぁん、あんまり見ちゃ……見ちゃ……だめぇっ……」

百合絵は肢体をくねらせた。

スリップからこぼれた乳房が揺れる。支えるように持ちあげたことで、肉づきの薄い太腿にはうっすらと筋が浮いていた。

スレンダーな肢体に相応しく、控えめな恥毛が隠す大陰唇もすっきりとした感じだ。大陰唇のあわいからは、繊細な花びらに似た一センチほどのラビアがはみ出している。

花びらはお行儀よくぴっちりとは閉じてはおらず、やや乱れたその隙間からとろとろの蜜液が溢れだしていた。

肉びらの縁が少しだけ色素が濃いのがリアルに思え、優矢ははあっと唸るような声を洩らした。

二枚の花びらの上には、薄い肉膜から顔を出した真珠のようなクリトリスも見える。

ベッドの上ではスイッチを切り忘れたバイブレーターが、存在を主張するように振動を続けていた。

優矢はバイブレーターを手に取った。

「いつもしてるみたいに……。オナニーをするときみたいに、これを使ってみて……」

ベッドの上に力なく放りだした百合絵の右手に、バイブレーターを強引に押しつける。

「そんな……そんなの……だめ……そんなこと……恥ずかしすぎる……」

「だったら、ここで止める？　僕のオチ×チンが欲しいんじゃなかったの？」

「あーんっ、意地悪ぅっ……欲しいの、バイブじゃなくて、生のオチ×チンが欲しいの……ああっ、あんまり焦らさないで……おかしくなっちゃいそう……」

百合絵は焦がれたように、はしたない言葉を口走った。熟女が口にした生々しい単語が、優矢の中の攻撃的な部分をますます煽りたてる。

「だったら、してみせてよ。バイブがオマ×コに入ってるところを見たいんだ。ズコズコ挿れてるところをみせてよ。そうしたら、僕だってオチ×チンを挿れたくてたまらなくなるよ」

優矢は作業着の上着を脱ぎすてた。そのまま作業着のズボンも忙しなくおろす。インナーに着ていたシャツとトランクス姿になると、彼女の呼吸が荒くなった。

百合絵は、ぴぃんと盛りあがった、トランクスのフロント部分を食い入るように見つめている。

「わかったわ……だから……」

百合絵はわずかに開いた唇から甘い吐息を洩らした。無理やり握らされたバイブレーターを、露わになった女花の中心部へと近づける。

「あーん、はずかしいぃっ……」

彼女は美貌を歪めると、左手で花びらを左右に押しひろげた。ラビアの外側はややくすんでいるが、その内側は鮮度のいい中トロのような色合いをしていた。

ヴヴィィーン。花びらのあわいに触れると、振動音が鈍くなった。

いかがわしい音を立てるバイブレーターの竿の部分は、左右にくねっている。それを左右にくつろげた花びらの真ん中に慎重にあてがう。

「あっ、あーんっ……」

百合絵は甲高い声をあげると、喉元を反らした。優矢の目の前で、振動音を立てる疑似性器が彼女の中に少しずつ飲みこまれていく。

ずぶずぶと入っていくと、ローターの舌先がぷくっと腫れたクリトリスの辺りに触れる。

肉蕾を直撃するローターの動きに、百合絵はいっそう悩ましい声を洩らした。

「いいっ、はあっ、イッちゃったばかりだから……また……すぐに……すぐにイッ、イッちゃいそう……はあっ、気持ちいいっ……」

うにうにと動くバイブレーターの動きだけでは物足りないとでも言うみたいに、女盛りのヒップを左右にくねらせる。

ビデオで観ていたとしても刺激的であろう光景が、前かがみになれば息が吹きかかるほどの至近距離で演じられている。

もうたまらなかった。優矢は着ていたシャツとトランクスを乱暴に脱ぎすてた。裸体に履いているには、間抜けすぎるソックスも勢いよく剝ぎとる。

熟女の痴態をこれでもかと見せつけられた怒張は、怒り狂ったように反りかえっている。

「はあっ……オッ、オチ×チン……はあっ、美味しそうっ……」

百合絵はうっすらと瞳を開くと、サバンナで獲物を見つけた女豹のようにちろりと舌なめずりをした。

バイブレーターをしっかりと咥えこんでいるというのに、年上の女はどこまでも貪欲らしい。

「ああっ、オチ×チン……こんなに濡れちゃって……ああんっ、しゃぶらせて……おしゃぶりさせてぇ……」

百合絵は聞いているほうが恥ずかしくなるような、破廉恥きまわりない言葉を口にした。

欲しいのと訴えるみたいに、ルージュを引いた唇をあーんと開き、宙に向かって伸ばした舌先をにゅるにゅると踊らせた。

まるで獲物を誘いこむような蠢き。そんなふうに見せつけられたら、魅惑的な唇に逞しさを充塡させた屹立を埋めこみたくなる。

優矢は膝立ちになると、仰向けになった彼女の口元にペニスを突きだした。

「オッ、オチ×チン……ああんっ……」

百合絵はうわずった声をあげると、先走りの液体でぬめ返る怒張にむしゃぶりついてきた。

むにゅっ、ちゅちゅっ、ちゅるっ、ぢゅっ……。

脳髄の辺りに響くような音を立てながら、百合絵はペニスに舌先を絡みつかせる。

男のシンボルに舌先を絡みつかせながらも、バイブレーターを握りしめた右手も役目を忘れない。

唇には優矢のペニス。蜜壺にはバイブレーターがしっかりと埋めこまれている。上の口と下の口に男のモノを咥えこみながら、彼女は肢体をくねらせる。

こうして欲しかったのと言わんばかりの表情だ。

欲望のままに突きすすむ百合絵に負けてはいられない。優矢の牡の部分が負けん気を起こす。

優矢はブラジャーからこぼれた彼女の乳房をまさぐった。手のひらにすっぽりと収まるふくらみは、育ちきっていない少女みたいだ。

それなのに乳房の頂に実った果実は、Bカップのふくらみには似つかわしくないほどに成熟していた。硬くしこり立った乳首を、指先で執拗にこねくり回す。

百合絵は二本のペニスで串刺しにされながら、優矢の肉柱に執念ぶかく舌を巻きつけ、ずずすぅっと音を立てて吸いしゃぶる。

「ひっ、ひぁっ……まっ……また……ああっ……イッ……ちゃ……」

優矢のペニスに舌先を這わせながら、彼女が歓喜の喘ぎを洩らした。悦びの大きさを物語るように、スリップに包まれた上半身がベッドの上で大きく弾む。

百合絵は息苦しさを伝えるように詰まった呼吸を洩らすと、がちがちに勃起した肉茎を唇から解放した。

バイブレーターを掴んでいた右手に力が入らないのだろうか。右手から離れたバイブレーターが、秘壺からずるっと抜けおちた。

「ああっ……オチ×チン……本物が……オチ×チンが……欲しいの……」

全身をわななと痙攣させながら、百合絵は掠れた声で囁いた。熟女の強欲ぶりを見せつけられるみたいな気がした。

百合絵はすでに達しているが、置いてきぼりを喰らった優矢の怒張は猛るいっぽうだ。このままでは収まりがつかない。

「きっ、きて……オチ×チン……オチ×チン……ほっ、欲しいのっ……」

百合絵はせがむように宙に手を伸べた。

思えば、今までは女性上位での経験しかない。沙織が積極的にリードし、馬乗りになる形で繋がるセックスは、逆レイプみたいなものだった。

しかし、ここまできて後戻りはできない。優矢だって二十九歳の男だ。実体験はあまりなくても、ビデオなどを観ていっぱしの知識だけはある。

妖艶な熟女から「きて」と誘惑されたら、男の本能のままに挑みかかるしかない。

優矢は大きく深呼吸をすると、下腹の辺りにぐうっと力を蓄えた。仰向けに横たわった百合絵の下半身へと回りこむ。

優矢はストッキングに包まれた太腿の裏側を支えるように持ち、左右に割りひろげた。ベッドについた膝を一歩前に出すと、亀頭の先が蜜を滴りおとす花びらに触れた。

花びらの中心めがけて、慎重に腰を前に突きだす。

ちゅぷっ、ぢゅぷっ……。

うなじの辺りがじんとするような淫靡な音を立てて、亀頭が花びらを左右に押しひろげる。

百合絵が言っていたとおりだ。絶頂に達したばかりの女裂はびくっ、びくんっと魅惑的なひくつきをみせ、屹立の先端に花びらをまとわりつかせる。

「ああっ、そうよ……そこ……そこよ……そのまま……きてえっ……」

百合絵は目を閉じて、しっかりと繋がる瞬間を待ちわびている。

焦ってはならない。ターゲットはしっかりロックオンしている。

あとは慎重に埋めこんでいくだけだ。優矢はもう一度深呼吸をした。脈を打つように収縮する媚肉の感触を味わうように、ペニスを少しずつ埋めこんでいく。

蜜まみれの花びらが、蜜壺の内部の肉ひだのひと筋ひと筋が、肉茎にねっちりと絡みつく感触がたまらない。優矢は、

「はあっ、くくくっ」

と歯を食いしばるようにして唸った。

「あっ、ああんっ……いいわぁ……これよ……いいっ……あーん、ズコズコして……おもいっきり……してえっ……」

もっと深く貫いてというように、百合絵は緩やかに腰を揺さぶった。

ぎゅっ、むぎゅっ。ペニスを取りこんだ膣肉が、不規則な締めつけを繰りかえす。

沙織とのセックスでは身をよじる彼女の姿を見あげていた。しかし、いまは狂おしげな吐息を繋ぐ百合絵の姿を見おろしている。

ポジションが変わるだけで、セックスの快感の質まで変わるみたいだ。

優矢はずんっ、ずぅんっと腰を前に押しだした。埋めこむ深さが深くなるほどに、快美感が強くなる。

「はあっ、いいっ、オチ×チン……いいっ、いいのっ……もっと……もっと……いっぱいしてえ……」

百合絵はベッドについたヒップを振りたくった。温かくぬめる蜜壺がペニスをぎゅっ、ぎゅぎゅっと締めあげる。

彼女をねじ伏せるべく、思いっきり腰を振ってみたい気持ちもするが、そんなことをしたらこらえきれずに、いっきに白濁液を発射してしまいそうだ。

少しでも長く、この甘美感に耽っていたい。優矢は暴発を恐れるように、遠慮がちに腰を前後させた。

「はあっ、もっとズンズンしてぇ……いっぱい……動いてえっ」

優矢の胸中など知らぬように、百合絵が淫らなおねだりをする。

「くあっ、気持ちよすぎて……。あんまり動かしたら……ヤバイですって。イッちゃいますよ」

優矢は情けない声を洩らした。

それでも男の意地を見せるようにひときわ深く突き入れると、腰の動きを止めた。亀頭が子宮口にぶち当たる感触を覚える。

「ああっ、いいっ……」

百合絵は蕩けるような表情を浮かべた。思いっきり抜き差しをしてやりたいが、そんなことをしたら制御がきかなくなるに決まっている。

優矢にとって、初めての正常位は刺激が強すぎた。

「くぅっ……」

優矢は淫嚢の辺りが引きつるような感覚をこらえるように、顎先を突きだして宙を仰いだ。

「がっ……我慢できないの？」

百合絵の囁きに、優矢はうんうんと首を縦に振った。

「だったら……そのまま……ゆっくりと……足を伸ばして……。わたしのうえに乗って……」

言われるままに、優矢は百合絵の上に体重をかけるように身体を重ねた。もちろんペニスは彼女の中に埋めこんだままだ。

肩幅ほどの広さに開いた彼女の足の間に、覆いかぶさった優矢が膝をつく格好だ。激しく腰を使うことはできなくなるが、そのぶん密着感が強くなった。これならば優矢のペースでゆっくりと腰をストロークすることができる。

脱がすことすら忘れていたスリップ越しに、百合絵の火照りが伝わってくる。

「はあっ……いいっ……焦らなくていいのよ……。あっ、あなたのペースで動かしてえ……」

「いいですっ……ぼっ、僕も……気持ち……よすぎて……」

ふたりは上下に重なったまま、歓喜の声を洩らした。百合絵の手が優矢の後頭部に回り、しっかりと抱きよせる。

「ねえ……キス……キスして……」

百合絵が甘え声で囁く。優矢は彼女を見つめると、唇を重ねた。

腰をぶんぶんと振りうごかせない代わりとばかりに、舌先をしっかりと絡め、唾液をすすり合う。

濃厚な口づけに、秘壺の収縮がきつくなる。

きゅんっ、ぎゅっ……。

まるで女のぬかるみ自体に意志があるみたいに、男のイチモツをむぎゅっ、むぎゅっと蹂躙（じゅうりん）する。

「そっ、そんなに……しっ、締めつけたら……だめですって……」

「だって……いいんだもの……。オチ×チン……いいの……硬くて……すっ、すっごく感じちゃうっ……」

百合絵の太腿の間に玉袋が挟まれる感触も蠱惑的で、尾てい骨の辺りがぞくぞくしてしまう。優矢は唐突に発射しないように、用心ぶかく腰を使った。

腰を前後に揺さぶるたびに、男女の結合部からくちゅ、じゅくっという水分を孕んだ音があがる。

「ああっ……もっ、もう……」

ぎりぎりと締めつける蜜壺の収縮は、まるで優矢のペニスを奥へ奥へと引きずり込むみたいだ。

優矢は百合絵の中にすっぽりと取りこまれてしまうような錯覚を感じた。

「んんーんっ、いいわぁ……おっ、おもいっきり……動いて……いっ、いっしょに……イキたい……」

百合絵の声に、優矢は腰に力を漲らせた。彼女に体重を預けるようにして、渾身の思いで深々と突きたてる。

深く、浅く、そして再び彼女の最深部を目指す。

「あっ、ヤッ、ヤバイッ……」

射精しそうになると、いったん腰の動きを止める。それを何度も何度も繰りかえす。

尻肉をぎゅっとすぼめて発射を辛抱することによって、少しずつだがコントロールがきくようになっていくみたいだ。

「あっ、ああーんっ……いいっ……すっ、すごい……奥まで……きてるっ……きてるぅっ……あっ……イッ……また……また……イッ……クッ……」

百合絵の手が、優矢の背中を痛いほどに抱きしめた。

女の洞窟がぎゅうんと収縮すると、肉茎の根元近くに密着していた愛蕾が、まるで爆(は)ぜるようにびくんと鼓動を刻んだ。

「きっ、きついっ……」

優矢も吼えた。百合絵の太腿に包まれた玉袋が縮みあがり、その中に溜めこんでいた白濁液がすさまじい勢いで噴きあがる。

どっ、どくっ、どっくぅっ……。

下半身が溶けおちるような絶頂感を、彼女の中に一滴残らず撃ちこむ。百合絵は優矢の背中をかき抱いたまま、全身を震わせた。

情事(こと)が終わり、ベッドサイドのテーブルに置かれた眼鏡をかけ直すと、百合絵の雰囲気は楚々とした人妻に戻った。

「沙織さんが言ってたとおりだわ」

「えっ……？」

その言葉に、身なりを整えていた優矢は驚いたように目を見開いた。

「沙織さんって言いましたよね」

「そう、『茉莉花』の沙織さんよ。実は彼女とは、わたしが通っていたお稽古事で一緒だったの。もっとも彼女のほうが三歳年下だから、妹弟子ってことになるのかしら？」

「そんな……」

優矢は言葉を失った。脳裏に、してやったりと微笑む沙織の顔が浮かぶ。沙織は三十六歳だから、百合絵は三十九歳ということになる。

三十代半ばくらいだと思っていたが、読者モデルをしていただけあって実年齢よりも若々しく見える。

「だって、人妻っていろいろとあるじゃない。軽い気持ちでお付き合いがしたいのに、ストーカーとかされても困るでしょう？」

「だっ、だからって……」

「主人が構ってくれないって愚痴ったら、沙織さんがあなたを勧めてくれたの。地元で商売をしているなら身元がはっきりしているし、なによりも沙織さんが推薦してくれるんなら安心だもの」

「そんな……勧められたからって」

「あら、これからは兄弟弟子っていうよりも、竿姉妹ってことになっちゃうのかしら？　まあ、それもいいわよね」

百合絵は屈託のない笑顔をみせた。優矢に誘いをかけたときの少し愁いのある表情はすっかり影を潜め、晴れ晴れとしている。

「今日は寝室の照明だけだったけれど、また是非お願いしたいわ。そうだわ、ひと部屋ずつ頼めば、そのぶんだけあなたに会えるかしら？」

極上の笑顔を見ると、怒る気になれないから不思議なものだ。

「まったく、困った女（ひと）たちですね」

優矢は百合絵を抱きしめると、もう一度唇を重ねた。

第三章　Ｔバックで濡れる熟妻

タラララッタッラ、タララララッタッラ……。

スマホの着信音が鳴る。着信音は相手ごとに鳴りわけるように設定してある。この音はショートメールの着信音だった。

優矢は作業着のベルトに着けたホルダーから、スマホを取りだした。登録されている番号ならば、相手の名前に変換されて表示される。

しかし、表示されているのは名前ではなく番号だ。送信元の電話番号には見覚えがなかった。

訝（いぶか）しく思いながら、メールを開く。

〈この間はありがとう、百合絵さん、すっごく悦んでいたわよ〉

ところどころに絵文字が入ったメールの内容に、優矢はハッとした。彼女を「百合絵さん」と親しげに呼ぶ人間は、ひとりしか心当たりがなかった。

どうして僕の番号を……。

スマホを手に、優矢は考えた。沙織の自宅を訪ねたときには教えた覚えがない。

ああっ、そうか……。

優矢の名刺には店の固定電話だけでなく、スマホの番号が記載されている。その名刺ならば、沙織の店に挨拶回りに行ったときに手渡していた。

スマホの時刻を見る。時刻は午後四時を回ったところだ。沙織の店は客の波も引いて、ひと息ついた頃だろう。

そうでなければ、営業中にメールを送ってくるはずがない。

沙織はほとんど別居状態みたいなものだと自虐的なことを口にするが、人妻であることには違いない。

他の男のものになった女性に、いきなり電話をかけるのは躊躇（ためら）われた。

〈いいえ、お客さまを紹介していただき、ありがとうございました〉

まずは、誰が見ても営業メールにしか見えない文面を送ってみる。

〈もう、素っ気ないんだから。今夜は空いてる？〉

すぐにメールが返ってくる。沙織は昔と少しも変わらず、感情の表現がストレートだ。

臍を曲げたように、唇をにゅんと突きだす彼女の顔が浮かんでくる。

ぷるんとした唇を思いだすと、条件反射みたいに下半身に疼きを覚えた。沙織と関係を持ってから、遅咲きながら急激に性的な欲求が強くなった気がする。

いままで抑えてきた反動かも知れない。沙織とセックスをした夜から、毎晩のように自慰に耽るようになった。

ときにはむらむらする感情に任せ、ひと晩に二度、三度と発射することもある。まるでいままで解き放てなかったぶんを、必死で取り戻そうとしているみたいだ。

オナニーを覚えたばかりの思春期のガキみたいだ。そんなふうに自嘲したくなるが、身体は貪欲になるいっぽうだった。

それでも不思議なのはオナニーのおかずは、手のひらからはみ出す巨乳を見せびらかす沙織でも、ガーターベルトを着けた下半身をくねらせる百合絵でもなかった。

猛りきったペニスを右手でしごきながら思いうかべるのは、フラワーショップの店先に立つエプロン姿の菜穂の姿だった。

物心がついたときには一緒に遊んでいたのだ。

周囲の少年たちと変わらなかった平らな胸元が、少しずつ大人の女に近づいていく過程も衣服越しに見守っていた。

菜穂が大学に進学する直前には、その胸元に顔を埋めたこともある。

数年ぶりに再会した彼女の乳房は、あの頃よりもひと回りほど大きくなっているように思えた。

まだ成長しきっていなかった若乳は、二十七歳の年齢に相応しいまろやかさを帯びているに違いない。

そう思うと、よけいに妄想をかき立てられてしまう。

手のひらに残る人妻の柔肌の温もりや感触を菜穂に置き換えると、妄想は生々しさを増し、屹立は十代の若者のように硬くなってしまう。

それはどうしようもないことだった。

誘いのメールの返事を躊躇している間に焦れたのだろうか。十分ほど経ったところで、今度はメールではなく電話の着信音が鳴り響いた。

着信ボタンを押すと、

「もう、返信くらいくれたっていいじゃない」

という沙織の声が飛びこんでくる。

普通ならば我儘（わがまま）にも思えてしまうが、相手が天真爛漫に振る舞う彼女だとなんとなく許せてしまう。

沙織には男を意のままにする魔性みたいなものが、生まれながらに備わっているのかも知れない。そんなふうに思えた。

「いまは仕事中なんで……」

曖昧な言葉で断ろうとすると、沙織は、

「だったら、仕事が終わったら大丈夫ってことよね」

と切りかえした。

「それは……」

あくまでも強気に迫る彼女の物言いに、優矢は言葉を濁した。

毎晩、菜穂の肢体を思いうかべてはオナニーばかりしている。沙織と会うということは、すなわちセックスを意味するに決まっていた。

心に思う相手がいるというのに、甘い誘惑に負けてしまうのは菜穂だけでなく、沙織に対しても申し訳がないような気がする。

「寂しいのよ。わかるでしょう？」

声を潜めて、沙織が囁く。背後にはかすかにBGMが聞こえる。おそらく客が退けて、店内にはひとりきりなのだろう。

とはいえ、店の中で大胆なことを言うものだ。あの晩、寂しいと訴えた彼女の瞳が脳裏に浮かぶ。

縋りつくような瞳には、拒めない情念が宿っていた。

熟れ盛りの女に、あんなふうに思いつめさせるのはかわいそうすぎる。素直にそう思ったのは紛(まぎ)れもない事実だ。

あんな眼差しを投げかけられて、すげなく突き離すことができるのは、よほどの強い意志を持った男だけだ。

あるいは女に興味がない朴念仁(ぼくねんじん)だけだろう。

人妻が口にする寂しいという言葉は、どうしてこうも魅惑的に思えるのだろうか。すでに毒は喰らっている。ならば、皿まで喰らうのも男の本懐かも知れない。

「わかりました。何時に行けばいいですか？」

「そうね、この間と同じ。九時でどうかしら」

「わかりました。その時間に……」

「ありがとう。待ってるわ」

そう言うと、彼女は電話を切った。


午後九時を五分ほど回った頃、優矢は沙織の家を訪ねた。人妻と聞いてしまった以上、前回よりもかなり用心ぶかくなっている。

目立たないように、服は全体的に色が暗いものを選んだ。沙織の家が近くなると、羽織っていた薄手のパーカーのフードも被った。

これではまるで不審者みたいだ。それでも、用心するに越したことはない。人妻との逢瀬(おうせ)はそれだけスリリングだ。

ドアを開けると、玄関先で沙織が待ちかまえていた。玄関の鍵をかけるなり、首に両手を回して抱きつき、唇を重ねてくる。

「どっ、どうしたんですか？」

「だっ、だって……。百合絵さんったら、あなたとのことを嬉しそうに事細かに報告するんだもの。惚(のろ)けられてるみたいで、なんだか……無性に妬(や)けちゃったわ」

「だからって……」

「そうなのよ。百合絵さんを紹介したのは、わたしなのにね。おかしいわよね。だって、彼女とは長いお付き合いだし、うちの店にとっても、お客さまを紹介してくれる常連さんなんだもの。それに……」

「それに……？」

「彼女は読者モデルをしてたでしょう。なんて言えばいいのかしら？　自意識っていうか、プライドが高いのよ。だから、限界まで我慢しちゃうのね。そのぶん、ぷちんと切れたときには、なにをやらかすかわからない危なっかしいところがあるのよ。自棄を起こしてヘンな相手に引っかかったりしたら、大変なことになるでしょう？」

優矢の首筋に舌先を這わせながら、沙織が呟いた。長年の付き合いといっても、女同士はいろいろと複雑なようだ。

それよりも優矢を驚かせたのは、沙織が嫉妬の色を滲ませていたことだ。百合絵に引きあわせたのは彼女のはずだ。

引きあわせたというよりも、つかの間の情事の相手としてあてがったと言ってもいいかも知れない。

それなのに、妬いているのを隠そうともしない。女というのは、つくづく不思議な生き物だ。優矢はそう思った。

しかも自分は、その言いなりになるみたいに心身を翻弄されている。ある意味、同類とも言える。腹が立たないのは、彼女たちがきわめて魅力的だからだとしか思えない。

完熟した身体だけでなく、ときには少女のように自分の感情の赴くままに、振る舞うさまさえも愛おしく思えた。

「彼女からエッチのようすをたっぷりと聞かされたのよ……聞いているだけで、感じて……濡れちゃったわ」

沙織はつま先立ちになると、優矢の耳にふーっと息を吹きかけながら囁いた。優矢の耳たぶに、かぷりと歯を立てる。

「百合絵さんを紹介したのは、沙織さんなのに……」

「もうっ、それは言わないでよ……」

少し意地悪の悪い優矢の言葉を諌めるみたいに、彼女は耳たぶに当てた歯に軽く力を込めた。

「ねえ、早く……二階にあがりましょう。ここじゃあ」

彼女は声のトーンを落とした。

玄関の扉の向こうは民家が並ぶ住宅街だ。自宅で商売をしているせいか、近隣の目が気になるらしい。それは優矢も同じだった。

あまり広くはない階段をあがっていくと、ようやくふたりっきりになれた気がした。

「あーん、早くぅ……」

逸る気持ちが強すぎて、彼女は飲み物を勧める余裕すらなかった。

優矢が着ていたパーカーに手をかけると、鮮やかな手際でファスナーをおろし、それを剥ぎとる。

　優矢もいつまでも後手に回ってばかりはいられない。

　今夜の沙織は、やや長めの白地のＴシャツを羽織っただけの姿だった。室内とはいえ、人妻のファッションとしてはあまりにも大胆すぎる。

　Ｔシャツの裾からは、いまにもショーツがのぞきそうだ。裾から露出した太腿に視線が吸いよせられる。

　腿と腿の間にうっすらと隙間ができる、ほっそりとした百合絵の足も魅力的だったが、沙織の太腿のほうがむちむちとして手に馴染む気がした。

　優矢は素肌の感触を楽しむように、太腿を撫でまわした。適度に脂（あぶら）が乗った太腿が、手のひらに吸いついてくる。極上の手触りだ。

「ううむっ」

　優矢は感嘆の声を洩らした。太腿を撫でる手が、もっちりとしたヒップを目指すように這いあがっていく。

　Ｔシャツに隠れたショーツはビキニタイプだ。

　覆い隠されていると、逆に確かめたくなる。優矢はＴシャツの裾を掴んだ。そのまますするすると持ちあげる。

優矢の視界に、恥丘がようやく収まるピンク色のスーパービキニタイプのショーツが飛びこんでくる。

ショーツの両端は布ではなく、二本の紐状になっていた。

恥丘を覆うフロント部分には繊細な刺繍が施されているだけではなく、二輪の赤い薔薇のモチーフが縫いつけられていた。

豪奢なデザインがグラマラスな彼女の肢体によく似合う。ややむっちりとした下腹部が、いかにも熟れた人妻という感じだ。

さらにTシャツを捲りあげると、ショーツとお揃いのデザインのブラジャーに包まれたFカップの巨乳が現れた。

ショーツと同じように、カップの部分には刺繍があしらわれている。カップの上縁や肩紐の付け根にも薔薇のモチーフがついている。

それだけではなかった。左右のカップを支えるアンダーの部分にも、小さめの赤い薔薇のモチーフがたっぷりと縫いつけてある。

豪勢にセットアップされたランジェリーから、彼女の気合いがじんじんと伝わってくるみたいだ。

沙織は瞳を潤ませると、誇らしげに胸元を突きだした。

百合絵の控えめな乳房よりも、わたしの乳房のほうが魅力的だろうとアピールしているみたいだ。

優矢はごくりと生唾を飲みこむと、握りしめていたTシャツをずるりとめくりあげて、そのままいっきに首から引きぬいた。

沙織はたちまち、ブラジャーとショーツだけをまとった姿になった。

しかし、彼女もされるだけではなく、胸元や下腹部を隠そうともせずに反撃に出た。優矢が着ていたシャツを脱がしにかかり、さらに彼が穿いていたコットン生地のズボンに手をかけると、それを乱暴に引きずりおろした。

沙織の意のままに脱がされるのも悪くはないが、いつまでもリードされっぱなしなのもなんとなく癪に障る。

トランクス一枚になった優矢は、沙織のヒップに手を伸ばした。

重たそうに揺れる乳房は魅力的だが、ぷりっと張りだした双臀もまた男の欲望を煽りたてる。

もちもちとした桃のような尻に触れた途端、優矢は、

「あっ……」

という驚嘆の声をあげた。

ショーツに包まれているはずのヒップは剥きだしになっていた。手のひらにぴとっと吸いつくような肌触りに胸が高鳴る。

優矢は指先に神経を集中させた。謎めいたショーツの形を探るように、二本の紐が食いこむ両脇からじっくりと攻めていく。

「あっ、ああっ……」

もう少しで尻の割れ目に到達するというところで、指先に薄い布地が触れる。それはむちっとして美味しそうな尻の谷間に、しっかりと食いこんでいた。

「こっ、これって……」

「んふっ、気づいてくれた？　今日はTバックなのよ」

沙織は嬉しそうに笑みを浮かべた。優矢の両手は、蠱惑的な丘陵をひけらかすヒップを抱えこんだままだ。

誘い水を向けるように、彼女はヒップをなよやかにくねらせた。

自分のどこが魅力なのかを知りつくしているだけに、美熟女の誘惑にはどうにもこうにも抗いがたい魔力がある。

「今夜はじっくり楽しませてね」

沙織が耳元で囁く。百合絵とのことをまだ妬いているのだろうか。その口調はねっとり感を増していた。

「そうね、リビングじゃなくて奥の部屋に行きましょうか？」

そう言うと、彼女は腕の中からすり抜けた。背中を向けたことで、丸い曲線を描いて張りだすヒップが丸見えになる。

優矢の視線に訴えかけるみたいに、尻をきゅっきゅっと左右に振って足を進める。まるでモンローを真似ているようにセクシーな歩きかただ。

彼女の後を追うように、優矢も廊下を進んだ。目指す部屋は廊下の奥にあった。もともと店舗の上に住居が乗った形だ。リビングの他には居室はふたつしかないようだ。それは優矢の実家も似たようなものだった。

店でも自宅でも一緒なのは息が詰まると言って、一度はひとり暮らしをした沙織の気持ちがわかる気がした。

いまは両親は隣町に住んでいるらしいので、夫の仕事の関係でほぼ別居状態の彼女は、この家にひとりで暮らしているのだろう。

家族で住むには狭い気もするが、ひとりで暮らすには広い。寂しいと口にした彼女の胸中も理解できる。

ドアを開けると、そこは寝室になっていた。窓には淡いグリーンの遮光カーテンがかけられていた。

室内を陣どるように、ダブルよりも大きいサイズのベッドが置かれている。壁に沿うように洋服ダンスもふたつ並んでいた。

きっとここが夫婦の寝室なのだろう。

そう思うと、人妻に手を出していることを改めて実感してしまう。

罪悪感を感じないと言ったら嘘になる。だが他人のものだと思えば思うほどに、このうえもないほどの魅力的に思える。

ふと、沙織の左手に視線をやる。

百合絵は指輪を嵌めていた。しかし、沙織は指輪をしてはいなかった。日頃は指輪をしていて、直前に外したとしたら跡が残っているだろう。

指輪を着けている痕跡はなかった。それが優矢の心を少しだけ楽にした。

「ああ、指輪を気にしているのね。飲食店をしているでしょう。だから、日頃からつけていないのよ」

優矢の視線に気づいたのだろう。沙織はすらりとした指先を撫でてみせた。

「もう、嫌だわ。野暮なことを言わせないでよ」

ランジェリー姿の彼女はウインクをすると、キスをせがむように唇を突きだした。

戸惑いを断ちきるみたいに、少し荒っぽいタッチで唇を重ねる。

優矢が舌を伸ばすと、沙織は嬉しそうに舌先を巻きつけてくる。

にゅるぷっ、にゅぷっ。

二枚の舌先がダッチロールするみたいに絡みあうたびに、重ねた口元から湿っぽい音があがる。

「ああっ、すっごく感じちゃう……。百合絵さんから惚け話を聞かされてから、ヘンなのよ。優矢くんのことを考えただけで、胸が苦しくなるのよ」

嫉妬の炎に焼かれたように、沙織は悩ましい声を洩らした。ブラジャーに包まれた胸元が、胸の昂りを表すみたいにゆさゆさと揺れている。

たわわな胸のふくらみの上にすっと浮かびあがった鎖骨が、翼を広げた海鳥みたいなラインを描いていた。

「ねえ、早くぅっ……」

沙織が焦れたように囁く。口調から彼女の中の疼きが伝わってくる。

彼女はベッドの上から布団や毛布を剝ぎとった。マットレスを覆うようにアイボリーのボックスシーツがかけられている。

しかし、彼女が夫と過ごすベッドに雪崩れこむのは気が引けた。進むことも退くことも躊躇われる。

ここまできてだらしがない。そう言われても、夫婦のベッドでことに及ぶことに迷いを覚えないほど、優矢は鈍い神経の持ち主ではなかった。

「あぁーん、もうっ、焦れったいわね」

癇癪(かんしゃく)を起こしたように沙織が抱きついてくる。彼女がタックルをすると、ふたりはベッドに倒れこんだ。

ワイドダブルのベッドは、ふたりで寝ても十分すぎるほどに広かった。

「ここまできておいて、お預けなんてなしよ。そんなの……許さないんだから」

優矢の上に馬乗りになると、沙織は再び唇を重ねてきた。彼女の舌先が、優矢の口の中ふかく潜りこんでくる。

口の中に忍びこんだ舌先が、前歯の表面や歯茎をれろりれろりと舐めまわす。まるで絶対に逃さないと言っているみたいだ。

それほどに妖しくうねる舌使いは雄弁だった。沙織の舌は優矢の性感をくすぐるように、さらに奥へと突きすすんだ。

「はあっ……」

上顎の内側の肉の薄いざらついた部分に舌先がたどり着く。優矢は、と女の子みたいに悩ましい声を洩らした。

自分の舌先が触れたとしても、普段は意識などしない部分だ。

それなのに、年上の女の舌先で舐めまわされると、鳩尾(みぞおち)の辺りが苦しくなるような切ない心地よさが込みあげてくる。

優矢の反応が気に入ったのだろう。彼女の舌の動きがねちっこさを増す。ちろりちろりと舌先が這うたびに、ベッドから尻が浮きあがりそうになる。

自分ではまったく気がつかなかった性感帯だ。いままで知らなかった新鮮な悦びに、優矢は小娘のように身体をくねらせた。

まるで熟練の中年男に弄ばれる、年若い娘のような心持ちになる。それほどに気持ちがいい。

優矢が身にまとっているのは、派手な柄のトランクスとソックスだけだ。お義理みたいな前ボタンのついたフロント部分が、徐々に隆起を始める。

「ほらっ、身体は正直なんだから。大好きよ、そういうところ……」

彼女は潜りこませていた舌先を引きぬくと、もう一度軽く唇を合わせた。

走りだした彼女は絶対に立ちどまらない。

優矢の耳元に唇を寄せると、ふーっと息を吹きかけ、耳の孔(あな)に舌先を這わせた。ここも普段は性感帯だと意識することはない場所だ。

それなのに、熱っぽい吐息がかかると、臍の下の辺りにざわついた快感が湧きあがる。

耳の縁を甘噛みすると、歯を立てたまま舌先でちろちろと舐めまわす。沙織の舌が、優矢の耳の上をランダムに這いずりまわる。

まったく予測がつかない動きに、優矢はああっと声を洩らしてベッドの上で身体を揺らした。

百合絵とのことで少しは自信をつけたつもりだったが、沙織の前ではそれは脆くも崩れてしまいそうだ。

トランクスの中では、優矢のジュニアがはっきりと覚醒し、むくむくと頭をもたげていた。前合わせが、はっきりとわかるほどに盛りあがっている。

「んふっ、おっぱいっ、見っけっ」

優矢の胸元をちょんと指先で突っつくと、沙織は楽しそうに笑ってみせた。見ているだけで、胸がじんとするような笑顔だ。

「ねえ、男の人だって、ここが感じるのよね」

甘ったるい声で囁くと、沙織は男の胸板に顔を埋めた。若い娘のように色素が薄い乳輪の周囲に、円を描くように舌先を踊らせる。ここも自分では意識したことのない部位だった。

男は乳首を愛撫されても感じない。ずっとそう思っていた。

それなのに、乳輪の周囲をじりじりと舐めまわされると、トランクスに隠れた部分がますますしこり勃つ。

直接触って確認したわけではないが、きっと塩を振って硬く締めた鮑(あわび)のような硬さになっているに違いない。

「男の人が感じてる顔を見ると、興奮しちゃうわっ……」

沙織の舌先が、優矢の乳輪の中央にたどり着く。乳首は普段は乳輪の中に隠れるように、すっぽりと埋もれている。

快感ごとほじくりだすように、彼女は舌先を尖らせて乳首を刺激する。乳輪の中でまどろんでいた乳首が、びっくりしたようににゅきっと硬くなった。

とはいえ、優矢の乳首は直径五ミリくらいの可愛らしい突起だ。

それを口の中にじゅぽりと含むと、ちゅちゅっという卑猥な音を立てながら吸いしゃぶる。

「はあっ、うわっ……」

熟女の愛撫に、優矢は息を荒げて胸元を上下させた。

口唇奉仕をされているのは胸元だけなのに、全身の皮膚が敏感になっていくみたいだ。

年上の女の妙技には舌を巻くしかない。優矢が全身を強ばらせると、硬めのマットレスに尻がわずかに沈んだ。

「あーんっ、おっぱいをなめなめしていたら、オチ×チンまで元気になっちゃったわよ。相変わらず、すぐにお汁を垂らしちゃうのね」

素直すぎる優矢の反応に、沙織は上機嫌だ。

トランクスの前合わせに浮かんだ、とろっとしたシミを指先でゆるゆると撫でまわす。シミができたことによって、亀頭の位置がどこかわかるみたいだ。

裏筋の辺りを指の腹でやさしくさすられると、ベッドにますます尻が沈んでしまう。

優矢は歯を食いしばって、口から洩れそうになる鼻にかかった声を抑えこんだ。

「百合絵さんとはどんなふうに楽しんだの？」

焼きもちを妬いているように沙織が問いかける。

「彼女ったら、案外とエッチなのよね。いっぱい、しゃぶられたりしちゃったの？」

尋ねることが率直すぎる。優矢は答えに詰まって、くぐもった呻き声を洩らした。

「もうつ、どうせエッチなことをいっぱいされたんでしょう。なんだか妬けちゃうわ。でも、わたしだって負けやしないんだから」

答えないことが、なおさら彼女を炎上させたようだ。

沙織は少し拗ねたように小鼻をふくらませると、唾液にまみれた乳首を軽く指先で弾いた。

熟女は拗ねる仕草さえも、どこか刺激的だ。

妹弟子は姉弟子にライバル心を燃やしているようだ。もっとも竿姉妹ということでは、沙織が姉ということになる。

女同士って仲がよさそうに見えても、なんだか複雑だな……。

優矢は胸の中でそんなふうに思った。

「百合絵さんには絶対に負けないんだから」

ひとり言みたいに呟くと、沙織は身体の向きを変えた。今度はトランクスに包まれた下半身に顔を近づける。

「もう、こんなに硬くしちゃって……」

うっとりとした声で囁くと、彼女はトランクスに手をかけた。彼女がなにをしようとしているかくらいわかる。

トランクスをずりおろす沙織に協力するみたいに、優矢はベッドに沈めた尻を少しだけあげた。

派手な柄の布が引きおろされた途端、臍のほうに向かってそそり勃った肉柱が飛びだした。彼女は優矢のソックスのつま先を摑むと、それも奪いとる。

優矢はベッドの上で一糸まとわぬ姿になった。

「本当に元気なんだから……いっぱい、いっぱい……してあげるわね」

沙織は前のめりになると、カウパー氏腺液をたっぷりと滲ませた亀頭から裏筋の辺りに口づけをした。そのまま口を大きく開き、亀頭を軽く口に含んだ。

ぬるぬるとした口の中に包みこまれる感触。優矢は頭を振りたくった。

手のひらとは肉の質がまったく違う、口の中やヴァギナに包みこまれる快感は、オナニーとはとても比べものにならない。

これは自分の手では絶対に再現できない悦びだった。

沙織はペニスを軽く咥えたまま、緩やかに肢体を左右に揺さぶった。前傾姿勢になったことで、胸元のふくらみがいっそう際立つ。

彼女は尻を優雅に振ると、仰向けに横たわった優矢の体軀を跨ぐように膝をついた。優矢と対面する向きではない。

優矢の顔面に向かって、ヒップを高々と突きだすようなあられもない格好だ。前屈姿勢になったことで、Tバックのショーツが尻の割れ目にますます食いこんでいる。

普通のショーツに比べると、秘裂を覆いかくすクロッチ部分も極端に面積が小さい。その証拠にやや色がくすんだ大陰唇が、ちらりとはみ出している。

少しずらすだけで、花びらまで見えてしまいそうだ。そう思うと、胸のときめきが抑えられない。

沙織は優矢のペニスを右手で摑んだ。まるで棒キャンデーを舐めまわすみたいに、丹念に舌を這わせている。

「ああっ……」

優矢の目の前に、Tバックのショーツが食いこんだ熟れ尻が迫ってくる。剝きだしになった股間には、沙織が顔を埋めていた。

こんなにも破廉恥なシチュエーションがあるだろうか。

優矢は乱れた息を吐き、胸を弾ませた。さっきまで彼女が悪戯していた小ぶりな乳首は、にゅっとしこり立ったままだった。

ぬぷっ、ちゅっ、ちゅっ……。

沙織は痛くなるほどに勃起したものに、なめらかに舌を這わせた。いきなり深く咥えるのではなくて、表面をゆるゆると舐めまわす。

しなやかにまとわりつく舌先の感触に、優矢は唸るような声を洩らした。

「気持ちいい？　だったら、もっと気持ちよくしてあげるわ」

そう言うと、彼女は右手でしっかりと握りしめたペニスをゆっくりと口の中に含んだ。

その含みかたが絶妙だ。頬の内側の粘膜をべったりと密着させてじゅこじゅこと抜き差しするのではなく、力を抜いた軽いタッチで咥えている。

口の中の温かさとぬめりはしっかりと伝わってくるが、いっきに射精したくなるほど激しくしごき立てない。

これならば切羽つまることなく、口の中特有の粘膜の感触を味わうことができる。

「はあっ……気持ちいいっ……オチ×チンが……痺れるみたいだ」

もっとと言うように、優矢はわずかに尻をあげておねだりをした。

「気持ちいいの？　もっと気持ちよくなりたい？　だったら、わたしも気持ちよくして……」

沙織は優矢の前に突きだしたヒップを揺さぶってみせた。

彼女も興奮しているのだろう。ふっくらとした縦割れを覆うショーツのクロッチ部分に、蜜がじわっと滲みだしている。

そこからは上等なチーズを思わせる、ミルクを発酵させたような香りが漂っていた。かすかな酸味とほんのりと甘さを帯びた香りは、男を惹きよせる最高の香料だ。

その香りに魅せられたように、優矢は彼女が穿いているショーツに手をかけた。しかし、熟女の勝負下着を脱がせてしまうのは、少々もったいないようにも思える。

クロッチ部分は極めて細い。これならば脱がせなくても少しずらすだけで、秘密めいた部分が露わになる。

優矢はショーツの紐部分ではなく、クロッチ部分に手をかけ直した。まるでスカートめくりをするような気持ちになる。

少し力を込めて左に寄せると、綺麗に剃毛された大陰唇が剝きだしになった。淫猥すぎる光景に、優矢ははあっと息を荒げた。

その息の熱さに驚いたように、大陰唇の中に身を潜めていた花びらがひゅくりと震える。

同時に沙織の口からも、

「あっ、あーんっ」

という色っぽい声が洩れ、逆ハート形の熟れ尻が左右にくねった。

こんなときにはどうすればいいのかくらいは、男として本能的に察していた。優矢は頭をあげ、目の前でひくつく薄い花弁に舌先を伸ばした。

花びらのあわいに舌先を潜りこませると、ほんのりと甘酸っぱい蜜が滴りおちてくる。優矢も鈴口から先走りの液体を噴きこぼすが、それよりも遥かに潤みが強いみたいだ。

左手でショーツのクロッチ部分を押さえ、さらに右手を伸ばして柔らかそうな花びらを左右にくつろげる。

花びらの内側は唇の内側と質感が似ているが、それよりも粘膜特有のピンクの色が濃い。

「はあっ……いいっ……オッ、オマ×コが……とっ、とろけちゃいそうっ……」

沙織はあられもない言葉を洩らした。それでも彼女は股間から顔をあげようとはしなかった。

むしろ優矢に愛撫されていることで、おしゃぶりにもいっそう熱がこもるみたいだ。

彼女は女性上位のシックスナインの体勢で、背筋をしならせた。優矢は真ん丸いヒップを顔のほうへと引きよせる。

ペニスをふんわりと咥えながら、沙織は裏筋から玉袋にかけて伸びるラインに上の歯をすーっと這わせた。

「あっ、あうっ……はぅあっ……」

ソフトな刺激だが、腰が抜けてしまうほどに心地よい。背筋に電撃が走るみたいだ。優矢は口元をヒクつかせながら喘いだ。

肉茎の根元からきゅっと浮かんだ裏筋をたどって亀頭へと、彼女の前歯が何度も往復する。

さらに彼女は玉袋を手でそっと持ちあげると、指先をやんわりと食いこませて揉みしだいた。

ペニスと玉袋を同時に可愛がられたら、とても冷静ではいられない。優矢は太腿を戦慄かせた。

昨夜も寝る前にオナニーで精を放っていた。このところ毎晩の習慣だ。

下半身のミルクタンクに劣情の液体が溜まる暇もない。そうでなければ、デリケートタッチの口唇愛撫に、危うく漏らしていたに違いない。

このままでは、いつもどおり先にイカされてしまう。

優矢は大きく息を吐いた。男として絶対に先に彼女をイカせたい。そんな感情がめらめらと突きあげてくる。

百合絵の相手をしたときに、女の弱点はクリトリスだと教えられた。こうなったら、いっきに攻めこむしかない。

二枚の花びらの隙間からは、愛液がとめどもなく落ちてくる。それがどこから湧いてくるのかも知りたくてたまらなくなった。

優矢は花びらを押さえていた右手の人差し指を、彼女の深淵へと差し挿れた。蜜壺の中は想像していた以上の大洪水状態だ。

その源泉を探るように、蜜壺の中で指を左右にぐりぐりと回転させる。彼女は四つん這いの格好だ。

指先に力を込めて、腹側をじゅこじゅことこすりあげる。

「はあっ……ああんっ……そっ、そこ……いいっ……ずこずこされると……かっ、感じちゃうっ……Gスポット……そこ……弱いのぉっ……」

彼女はつんのめるように前に倒れこみ、声のトーンをあげた。飾りっけのない本気の喘ぎ声だ。

指に感じる蜜がさらに濃度を増す。花びらの頂点の肉蕾が大きくふくれあがり、薄い肉膜を払いのけていた。

勇猛果敢に攻めるならば、いま、ここしかない。優矢は心に決めた。絶対に先にイカせてやる。

優矢はぷっくりと充血したクリトリスに狙いを定めて、れろれろと舐めまわした。下から上へと、めくれた肉膜が戻らないように、ねちっこいタッチでこねくり回す。

「ああんっ……そっ、そんなにしたら……」

沙織は悩乱の声をあげた。突きだした尻の肉がぷるぷると震えている。彼女はペニスをしゃぶることも忘れて、ぜえはあと乱れた息を吐きこぼす。

「だめっ、そんなにしたら……あたまが……おかしくなるっ……クッ、クリちゃんがぁっ……とっ、とんじゃう……」

イッ、イケッ、思いっきりイッちゃえっ！

優矢は心の中で念じた。舌先の付け根にかすかに痺れを覚えても、無我夢中で真珠玉を舐めあげる。

「ああっ……すごいっ……いいっ……ああんっ、よすぎて……ヘンになるっ……クリちゃん、ヘンになっちゃうっ……あああああーっ……」

引きつった声は最後は悲鳴にも似たものになった。前傾姿勢の沙織は見ているほうが心配になるほどに、大きく背筋をのけ反らせた。

彼女の上半身が宙に舞い、背筋がびくっ、びくんと上下に激しく跳ねる。

「あーんっ……イッ……ちゃった……」

ぽそりと呟くと、沙織は優矢の身体の上に倒れこんだ。


「イッ、イッたの……？」

優矢の問いかけに、沙織は答えない。

いや、答えられないみたいだ。豪奢なブラジャーに包んだ胸元を押さえて、はあっはあっと千々に乱れた呼吸を繋いでいる。

その姿を見ていると、男としての自信が全身に滾（たぎ）っていくみたいだ。

沙織を先にイカせたことで、年上の女に翻弄されつづけた雪辱は果たした。

しかし、心は収まっても身体の中心部で隆々とそそり勃つものは、まだまだ気が済まないと訴えていた。

沙織の官能的なおしゃぶりによって、肉柱は付け根が疼くくらいにぎちぎちに硬くなっている。

淫嚢の中のものを派手に打ちあげない限り、納得しないと言っているみたいだ。

「ずるいじゃないですか？　勝手にひとりだけイッたりして」

優矢は勝利を宣言するみたいに囁いた。それでも彼女は身体をびくびくと波打たせたままだ。起きあがる力もないらしい。

優矢は目の前でひくつく熟れたヒップを摑んだ。

横にずらしたショーツのクロッチ部分は夥しい淫蜜にまみれて、その横からは昂りに鬱血したように、ほんの少し厚みを増した花びらがちらりとはみ出している。

エクスタシーに達したことで、牝のフェロモンの香りがきつくなった。まるで牡を誘いこんでいるみたいだ。

優矢は豊臀にぎゅっと食いこんだ、Tバックのショーツの両サイドに指先をかけた。力を込めて、桃の皮を剝くみたいにショーツをずるりと引きずりおろす。

呼吸を荒げる彼女は、されるがままになっていた。

完全に剝きだしになった女淫は、ショーツをずらして眺めていたときとは趣きを変えている。

優矢が指を差し入れていた女花はわずかに花弁を左右に開いて、鮮やかな粘膜の色を見せつけた。まるで蘭の花みたいだ。

左右にそよぐ花びらや、肉欲が詰まったようにふくらんだ肉蕾を見れば見るほどに、ペニスが力を漲(みなぎ)らせる。

見事な張りを見せるヒップをがっちりと摑むと、優矢は沙織の肢体を横向きに倒した。

ワイドサイズのベッドの上で、彼女は胸元を押さえるように全身を不規則にびくんびくんと震わせている。

まだ絶頂の余韻の中をゆらゆらと彷徨っているみたいだ。

仰向けになっていた優矢は身体を起こすと、胎児みたいに身体を丸めた彼女の肩に手をかけた。

そのまま力を入れて、沙織の身体を仰向けにする。

「ああんっ、少しだけ待ってぇっ……」

沙織は瞳をとろんとさせながら囁いた。絶頂の瞬間は小刻みだった全身に走る痙攣の間隔が、少しずつ長くなっている。

いつもは年下の男を翻弄する沙織が、あられもなく身体を震わせていた。

いままでとは立場が逆になったみたいに思える。優矢は欲情の炎がいっそう燃えあがらせるのを感じた。

「待てませんよ。僕の我慢も限界がありますよ」

優矢は彼女の顔をのぞき込みながら再び囁いた。優矢なりの意趣返しだ。

「だっ、だってえっ……あんなに……あんなにされたら……」

「されたら?」

「女なら……女なら……誰だって……ヘンになっちゃうわ……」

胸元で腕を交差させながら、沙織が切れ切れの声で訴えた。

重ねた腕によって谷間が深くなるどころか、痛いほどにしこり立った乳首が見え隠れしている。

サクランボの種みたいな乳首を見ていると、悪戯心がめらめらと湧きあがってくる。

優矢の乳首を、ついさっきまで執拗に弄んでいた彼女の姿が浮かぶ。仕返しをしてやりたくなるのも、いたしかたのないことだ。

優矢はブラジャーのカップに手をかけると、左右のカップをずるっと引きずりおろした。

ブラジャーごと奪いとることも脳裏を掠めたが、せっかくの勝負下着を着けたままのほうが刺激的に思えて、寸前で脱がすのを取りやめた。

じっくり観察すればするほど、刺繍や薔薇の花のモチーフがあしらわれたブラジャーは豪華だった。

こんな豪奢なランジェリーは、二十代の女には似合わないだろう。

贅沢な刺繍やモチーフに負けないほどの芳醇な色香がなければ、完全に下着に負けてしまう。

そう考えると、まさに豊満な熟女のために作られたように思えた。

優矢は彼女の両膝の隙間に右膝を押しあてた。少し乱暴な感じで、むっちりとした両足を左右に押しひろげる。

全身から力が抜けているのか、沙織は抗おうとはしなかった。うるうると水分を孕んだ瞳が、さらにしどけなさを帯びる。

彼女の視線は、優矢の身体の中心で自己主張する怒張に注がれていた。

優矢は割りひらいた沙織の両足の間に膝をついた。ペニスに絡みつく彼女の眼差しは、早く欲しいと訴えているみたいだ。

沙織の中に突きたてたいのは優矢も同じだ。しかし、すぐに挿れてはもったいない。先に沙織をイカせているので、精神的に優位に立っている。ならば、彼女の口からその言葉が出るまで、焦らしてやろうと考えた。

膝立ちになった優矢は前のめりになった。はぐらかされた彼女の縋るような視線を感じる。

それに気づかぬふりをして、優矢は彼女の口元に唇を重ねた。焦らされれば焦らされるほど昂るということは、沙織から実戦で伝授されていた。

「ああーんんっ……」

沙織は切なげな声を洩らすと、唇を開いて舌先をぐっと伸ばした。

ちゅっ、ちゅるっ、ちゅちゅちゅっ……。

ねっとりとしたタッチで舌先を絡め合う。興奮しているからか、唾液が女っぽい甘さを増している。

優矢はずっとそれを吸いあげると、今度は自らの唾液と混ざったそれを彼女の唇に注ぎこんだ。

沙織は喉を鳴らして、混ざりあった唾液を飲みこんだ。奔放に振る舞う彼女が、いつになく従順な顔を見せる。

それは男根を撃ちこまれたくてたまらないことを表しているに違いない。

熟女が焦がれているさまを見ると、ますます簡単には挿れてたまるものかと意地になってしまう。

唇を離すと、混ざりあった唾液が糸を引いた。今度は彼女の胸元に顔を埋める。ペニスを挟まれたこともある乳房の谷間が、頬に吸いついてくる。

顔を埋めているのは沙織の乳房だ。それなのに、不意に菜穂の乳房の感触が頭をよぎった。瑞々（みずみず）しい素肌の手触りは、しっかりと脳裏に焼きついていた。

熟れきった身体を抱きながら、別の女のことを思うのはいくらなんでも失礼な話だ。優矢は頭を左右に振って、菜穂の姿を追いたてた。

お椀（わん）というよりも丼に近い爆乳の頂に貪りつく。

沙織の愛撫を思いかえしながら、男とは違う小指の第一関節の半分くらいはありそうな乳首を丹念に舐めしゃぶる。

「ああっ、いいわあっ……」

沙織はもっととせがむように胸元を突きだした。Fカップの乳房は、それを彩る薔薇の花のモチーフに負けないくらいにゴージャスだ。

優矢は赤ん坊が乳をすするみたいに、舌先をU字形にして乳首をずずっと音を立てて吸引した。

「はあっ……いいっ、ああっ、かっ……嚙んでえっ……おっぱいっ、おっぱい、嚙んでえっ……」

沙織はあられもない言葉を口走った。優矢は乳首の根元に軽く歯を立てた。彼女の声がますます艶っぽくなる。

優矢は乳首を甘嚙みしながら、乳首の表面にそっと舌先を当てて左右に揺さぶった。

沙織は歓喜を伝えるみたいに両膝をあげると、優矢の足にゆるゆるとこすりつけた。まるで身体をすり寄せて甘える猫みたいな仕草だ。

勃起しっぱなしのペニスがじんじんと疼いている。早く彼女のぬかるみの中に埋めこまれたいとぴゅくんと弾む。

突き入れたい衝動は、我慢の限界を越えていた。

優矢はだめ押しをするみたいに、こりこりとした彼女の乳首にぎりりと歯を食いこませた。彼女は、

「ひっ……ひあっ」

と短い喘ぎ声をあげた。ベッドについた彼女の足が宙に舞う。

優矢は沙織の両膝を抱えあげた。正常位での突き入れかたは百合絵との経験で学習していた。

それを復習するみたいに、覆いかくすものがない彼女の太腿の間に亀頭をあてがう。潤いきった花びらの上で足を取られるみたいに、亀頭が上に下へとのたうつ。

優矢は花びらの合わせ目に慎重に鎌首を当てた。

焦る必要はない。自分に言いきかせる。

沙織はすでに一度昇りつめている。余韻が残る肢体に、望むモノを撃ちこんでやる

だけでいい。

そう思うと、余裕を持てた。その証拠に亀頭の先が大きくふくれあがったクリトリスに触れただけで彼女は、

「ああっ、いいっ……はやくぅっ……はやくっ、ちょうだいっ……」

と豊かなヒップを揺さぶった。

「早くって、なにを？」

優矢はわざとわかりきってることを尋ねた。

「もうっ、意地悪っ……オチ×チンよっ……オチ×チンが欲しいのぉっ……」

ついに沙織ははしたない言葉を口走った。

優矢は慎重にターゲットを見定めた。乱暴に扱ったら破れてしまいそうな花びらの隙間に、肉茎の先端を押しあてる。

獲物を逃さないように慎重に……。

気分はまるで狙撃手だ。女の潤みに標的を定めると、引き金を引くみたいにゆっくりとねじ込んでいく。

「くっ、くるっ……おっきいのが……くるっ……はいって……くるぅっ……」

沙織は頭頂部をシーツに埋めるみたいに、喉元を大きく反らした。

優矢はゆっくりと腰を進めた。

ぬるぬるの愛液で溢れかえった女壺を、逞しさを漲らせた屹立でぎゅりぎゅりと押しひろげていく。

絶頂に収縮した膣の内部は、細かな肉襞が無数に隆起している。それが嬉しそうにざわめきながらペニスにつきまとってくる。

しなやかな牝の肉がきりきりと肉柱をしめつけてくる。狂おしいほどの快感に、優矢も唇から、

「うおおっ……」

と声を放った。

優矢は暴走しそうになる気持ちと身体を制御するように、二度三度と大きく深呼吸をした。

危ういときには腰の動きを止めて、呼吸を整える。百合絵とのセックスで学んだことだ。

青黒い血管が浮かびあがった男根を、少しずつ少しずつ慎重に埋めこんでいく。埋めこむ深さと比例するみたいに、沙織の背筋が弓のようにしなる。

優矢は身体中の血液が沸騰する感覚を覚えた。

ずんっ、ずぅんっと腰を前に前にと押しだす。根元近くまで埋めこむと、彼女の深淵にぶち当たるのを感じた。

これ以上は深く入らないというところまで突き入れると、今度はゆっくりと腰を引く。

もう少しで抜けおちるというところまでくると、もう一度腰を前に突きだす。最初はゆっくりと。締めあげる彼女の蜜肉の感触に慣れてくるにしたがい、少しずつ腰を前後させるペースを速める。

「はあっ、いいっ……硬いの……すっごいっ……はあっ……あぁんっ、オチ×チンがぁ……オチ×チンが……刺さってるぅっ」

彼女は煽情的な言葉を口にしながら、髪をふり乱した。

優矢は視線を落とした。彼女が言うとおりだ。股間からにゅっきりと生えたキノコみたいな男根が、彼女の秘唇に深々と突きささっている。

ペニスが埋めこまれているところをもっとじっくりと見たくなる。

優矢は彼女の太腿の裏側を両手で摑んだ。そのまま体重をかけるようにして、太腿を乳房に向かって押しつける。

両の太腿で押さえつけられた乳房が、歪な形にひしゃげた。彼女の息遣いがますます激しくなる。

「うあっ、すっげえ……奥まで入ってるっ……」

花びらが左右にぱっくりと開き、骨ばって見えるほどに硬くなっている肉幹を咥えこんでいるのが、優矢の目に飛びこんでくる。

繊細に見える女花は驚くほどの柔軟さをみせていた。

ずんっ、ずこっと抜き差しをするたびに、赤みを増した花びらが嬉しそうにはためいている。

優矢の体重を受けとめるような屈曲位に、沙織は苦しそうにはあっ、はあっと息を継いだ。

押しつぶされた乳房が、彼女の昂りを表すみたいにうっすらとピンク色に染まり、優矢の手にがっちり押さえこまれた両足は、高々と宙に浮いている。ぎゅっと丸まった爪先は、指先と同じ色のマニキュアで彩られていた。

足の指先まで手を抜かないところに、女らしさを感じる。優矢は左手で彼女の右の足首を摑むと、快感に震えるつま先に鼻先を寄せた。

ほんのりと汗ばんだつま先から、かすかに女の体臭を感じる。鼻腔をくすぐる、わずかに酸味と甘さを帯びた香りだ。

優矢はその指先にキスをした。

「ああんっ……そっ、そんなところ……だめよぉ……」

沙織は鼻にかかった声を洩らした。しどけないその声は、年下の男の暴挙を本気で諫めているようには聞こえない。

優矢は口を開くと、彼女の指先をぱっくりと口に含んだ。

「やぁん……こんなの……あーんっ……なんか……ヘン……またおかしくなっちゃうっ……あーんっ……なんか……なんか……ヘンタイっぽいっ……」

口の中のぬめりに驚いたように、さらに彼女の指先にぎゅっと力がこもった。

沙織がみせるちょっと初々しくも思える反応が、優矢の心を高揚させる。優矢は口の中に咥えた指先に舌先をまとわりつかせた。

「あーんっ……こんなの……」

彼女は声を振りしぼった。その声はやや掠れている。喘ぐ声に合わせるみたいに、蜜壺がペニスに肉ひだをぎゅりぎゅりと食いこませた。

優矢は彼女の親指と人差し指の間に舌先を這わせた。小刻みに舌先を揺さぶる。

「あっ、だめっ……だめっ……こんなの……やだっ、感じちゃううっ……どうして……

こんなの……」

彼女の狼狽ぶりが優矢にも感染する。不規則に襲ってくる肉壺の締めつけっぷりに、埋めこんだ肉茎がぴくぴくと蠢いている。

彼女のつま先を口に含んだまま、優矢は右手を男女の結合部へと伸ばした。蜜壺のすぐ真上では、クリトリスが快感を享受していた。

充血したクリトリスに人差し指の腹を当てると、小さな円を描くようにくりくりと刺激する。

「ああーっ……だっ……だめっ……クッ……クリちゃんが……」

肉柱を突きたてたまま、足のつま先を、肉豆を愛撫する。掟破りとも思える三点責めに、沙織は法悦の声をあげた。

「イッ……イクッ……あーんっ……まっ……また……イクッ、イッちゃうっ……」

沙織は狂乱の声をあげると、全身をぎゅっと硬直させた。ベッドに沈んだ彼女の尻がいっそう深くめり込む。

優矢はクリトリスを弄る指先に彼女の異変を感じた。クリトリスが、ペニスを飲みこんだ蜜肉が、びゅくっ、びゅくと収縮している。

五秒ほど身体を強ばらせた後、沙織は全身から力が抜けきったように、四肢をわなわなと震わせた。鳩尾の辺りから下腹部にかけて大きく波を打っている。

「ああっ、きつ、きつい……オマ×コがぁ……きつすぎるっ……」

秘壺がぎりぎりと締めあげる。まるで精液を搾(しぼ)りとろうとしているみたいだ。

「ふうぁっ、だめだっ……でっ、射精(で)るぅっ……」

猛々しい声で吼えると、優矢は沙織の中に熱い弾丸をどびゅっ、どびゅっと乱射した。

第四章　人妻3P　美肉に挟まれて

「あっ、菜穂。どうしたの？」

「どうしたのって、お仕事よ。最近はご近所さんへの配達はわたしがしているの」

商店街の中で、菜穂とばったり顔を合わせた。エプロン姿の彼女は手に花束を抱えている。

「そうなんだ。それって配達？」

「ほら、向こうにあるイタリアンのお店。歓迎会があるからって花束を頼まれたのよ。幹事さんが用意するのも大変でしょう。お店が用意しておくなんて、気がきいてるわよね」

菜穂は大ぶりの花束を得意げに見せた。

季節を少し先取りするように、色とりどりの花を大胆に組みあわせている。きっと彼女がアレンジしたのだろう。センスのよさが垣間見えた。

「優矢くんは？」

「ああ、僕も仕事だよ。この先にある靴屋さん。最近、パソコンを買い替えたんだけど、画面が固まって動かないって連絡があってさ。まあ、細かいサービスもうちの売りだからさ」

「ふぅん、優矢くんも頑張ってるのね」

優矢の言葉に、菜穂は感心したように頷いた。同じ街で仕事をしているだけあって、得意先が被ることも少なくはない。

「あっ、あのさ……」

「えっ、なに？」

胸元に抱えた大きな花束の横から菜穂が顔を出す。優矢は色鮮やかな花束よりも、菜穂のほうに心を惹かれた。

今度、一緒に食事でも……。

言いかけた言葉が口から上手く出てこない。言いようのない焦れったさを感じる。

沙織や百合絵とは関係を持ったが、どちらも向こうから誘惑された形だ。優矢から誘ったわけではない。

だから自分から誘う方法が、未だによくわからないのだ。誘い文句を口にできたとしても、断られたらと思うと腰が引ける。

特に好きな女に対しては、より臆病になってしまう。不器用だと自分に嫌悪感を覚えても、こればかりはどうしようもない。

「あっ、いや、なんでもないよ。仕事、頑張って」

そう言うと、優矢は照れくささを隠すようにすっと片手をあげた。


その日の夕刻、沙織からショートメールが届いた。

前回の逢瀬からちょうど一週間が経っている。

〈よかったらだけど、七時半くらいにお店にこられない？〉

優矢は首を傾げた。いつもは店の閉店後に自宅に呼ばれている。店にきてくれと誘われたことはなかった。

彼女の自宅に呼ばれるならば、それはすなわちセックスをしたいということだ。しかし、店にこいというのは……。

それでもふしだらな期待が込みあげてくる。

〈べつにいいですけど……〉

訝しく思いながらもメールを返す。

すぐに、
＜よかったわ。それじゃあ、楽しみに待ってるわね＞
と返信があった。

彼女から指定された時刻に「茉莉花（ジャスミン）」を訪ねる。いつもは裏通りに面した住居の玄関から入っている。

店の正面玄関を開けるのは、挨拶回りに訪ねたとき以来だ。なんだか久しぶりのことに思えた。

「いらっしゃいませ」

店の閉店時間は午後八時だ。閉店時間が近いということもあって、カウンター席に女がひとり座っているだけだ。

「さっ、こっちに座って」

カウンターの中にいた沙織が、どうぞというように手招きをした。沙織は真っ白いブラウスに黒いエプロン姿だ。

カウンターは七席ある。女が座っているのは奥から二番目の席だ。

カウンター席に座っている女は二十代後半くらいだろうか。ややぽっちゃりとした身体をふんわりとした浅葱色のワンピースに包んでいる。

ほんの少し明るい色に染めた髪の毛は、肩よりもやや長いくらいだ。毛先だけを軽く巻いている。

一重の瞳とぽってりとした唇は、淡いピンクのメイクで彩られていた。

化粧や髪形のイメージも重なって、見るからに女らしい雰囲気が漂っている。

「こちらは雛子さん。うちのお店の常連さんなの」

沙織がカウンター席の女を紹介する。

「あっ、藤原優矢っていいます。ここの商店街の藤原電器店の息子なんです。あっ、すいません。いまは名刺を持っていなくて」

優矢はぺこりと頭をさげた。沙織から呼ばれたということもあって、今日は完全にプライベートモードだ。いつもならば持っている名刺入れも携えていなかった。

「いっ、いいんです。そんなこと気になさらないでください……。あ、私は佐倉雛子といいます」

雛子もちょこんと頭を垂れる。彼女の前には、グラスに入った赤ワインが置かれていた。

「優矢くんはどうする？　ビールにする？　それともワインにする？　うちのワイン

は結構評判がいいのよ」

いつもならば最初の一杯はビールと決めている。だが沙織の勧めもある。

「じゃあ、僕も赤ワインで」

優矢もワインを頼んだ。差しだされたグラスに口をつける。ふわっとした香りが鼻に抜ける。

「もう、お客さんもこないようだし、わたしも呑んじゃおうかしら？」

そう言うと、カウンターの中にいた沙織もグラスにワインを注ぎ、乾杯をするようにグラスを持ちあげた。

三人の前には赤いワインが注がれたグラスが並んだ。

ワインを口にする沙織の仕草は、舞いを踊るみたいに風雅に見える。優矢はここではたと気づいた。

沙織の所作を視線で追っていると、ふたりの関係を気づかれてしまうのではないか。そんなふうに考えると、沙織だけに視線を送るのは危険に思えた。

優矢の眼差しは、自然にカウンター席に座る雛子に注がれることになった。

雛子の全身から醸しだされるほわんとしたイメージが、なぜだか菜穂と重なる。

面立ちやスタイルがまったく違うふたりに共通しているのは、そばにいるだけで心がほっこりとするような癒し系の雰囲気だろう。

ワイングラスを持つ雛子の指先。マニキュアはつけていないが、楕円形に綺麗に整えられ艶々とした輝きを放っていた。

それよりも目を引いたのは、左手の薬指に嵌められたシンプルな銀色の指輪だった。百合絵との一件があってから、ついつい女の左手に視線がいくようになっている。

「ご結婚されてるんですね？」

「ええ、でも子供はまだなんですよ」

優矢の問いに、雛子は恥ずかしそうに笑ってみせた。とびっきりの美形ではないが、なぜか気にかかるタイプだ。

いわゆる放っておけないとか、男好きのするタイプとは雛子みたいな女を言うのだろう。それを考えると、菜穂もそういうタイプかも知れない。

優矢の歓迎会のときに、遅れて現れた菜穂の姿を見ただけで相好を崩した由紀夫の表情が浮かぶ。

それもなんとなく納得できる気がした。

「沙織さんのお店とは長いんですか？」

「ええ、わたしも地元なんですよ。若い頃はちょっと敷居が高い気がして、カウンターに座るなんてできなかったけれど。初めてここに座ったときは、大人になったんだなって思ったんですよ」

優矢の問いかけに、雛子が答える。

彼女が二十代後半だとすれば、直接面識がなかったとしてもどこかで接点があるかも知れない。

「そうなんですか。僕は朝川中学校なんですよ」

優矢は出身中学の名前を出した。沙織の出身中学でもある。

「あっ、彼女は隣の中学校なのよ。それにね、ちょっと年代が違うかも」

すかさず沙織が口を挟んだ。

「えっ、そうなんですか。てっきり同い年くらいかと思ってました」

「ふふっ、雛子ちゃんは童顔だから若くみえるけれど、優矢くんよりも少し年上なのよ」

「あっ、そうだったんですか？」

優矢は驚きの声を洩らした。

「やだっ、沙織さん。歳の話は内緒にしてくださいよ」

雛子が恥ずかしそうに言った。

「いいじゃない。まだ三十二でしょう。わたしよりも四つも年下じゃないの」

沙織は唇を尖らせた。

女同士にとっては四歳の年齢差は大きいらしい。些細なことにムキになる沙織が、妙に可愛らしく思えた。

そんな些細な話で盛りあがる。沙織に勧められるままに口をつけたグラスワインも四杯目になっていた。

ふと店内の時計を見る。時計の針は午後九時を少し回っていた。すでに閉店の時間を一時間ほど過ぎている。

「あの、わたし、お手洗いに……」

雛子が席を立つ。手洗いはソファ席の奥にある。

雛子の姿が見えなくなると、カウンター席にいた沙織がおもむろに身を乗りだした。

「ねえ、どう？　彼女、いい感じでしょう？」

「どっ、どうって言われても……」

沙織の問いに、優矢は曖昧に答えた。相手は結婚指輪を嵌めた人妻だ。どうと尋ねられても返答のしようがない。

「いいでしょう、彼女。癒し系って感じで」

「いいでしょうと言われたって、彼女は結婚してるじゃないですか」

「結婚ねえ。わたしだって結婚してるわよ」

　こともなげに言う沙織の言葉に、優矢は返答に詰まった。きわどすぎる会話を雛子に聞かれたら洒落にならない。

　優矢は慌てて店内を見回した。

「んふっ、気にしてるの。大丈夫よ、彼女はオッケーみたいよ」

「オッケーって……？」

「彼女は優矢くんのことを気に入ったみたいよ。気に入ったら、ワインをちょっとだけ残して、お手洗いに立つって合図を決めておいたの」

「それって、どういう意味ですか？」

「どういう意味って言われても、そういう意味よ。どう、今夜は三人で楽しまない？」

「さっ、三人って……」

「彼女って奥手なタイプなのよ。結婚するまでに付き合ったのは、いまの旦那さんだけなんですって。その旦那さんは草食系っていうのかしら。あっちのほうにぜんぜん興味がないみたいなのよね。だけど、彼女だって三十路じゃない。いまがやりたい盛りなのよね」

「だっ、だからって……」

「だからなのよ。奥手だから、簡単に浮気なんてできるタイプじゃないのよね。知らない相手と、ふたりっきりになるのは怖いんですって」

「そんなことを言われたって……困りますよ」

「困ります？　本当に？　百合絵さんとだって上手くできたじゃない。雛子さんのこと、まんざらじゃないんでしょう。だったら、いいじゃない？」

「そう言われたって……」

「いいじゃない。だったら、こう考えるのはどう？　相手は旦那さんに構ってもらえなくて、ずっと寂しい思いをしている人妻なのよ。彼女を満足させてあげるのは、功徳みたいなものじゃない？」

沙織は功徳という、いまどきっぽくない単語を口にした。普段使うことはないが、意味くらいはわかる。

そんなふうに言われたら、そんなものなのかも知れないと思えてしまう。

菜穂と雰囲気が似た雛子に、一瞬でも目が奪われたのも事実だった。ワンピース越しに見た彼女の胸のふくらみ。

黒いエプロンを押しあげる沙織の爆乳に比べるとやや控えめな感じだが、ふわっとしたワンピースの胸元を押しあげていた。

少なくともCカップ、いやDカップはあるだろう。

圧倒的な迫力をみせるFカップの沙織、控えめながらも形がいいBカップの百合絵。その真ん中くらいの大きさの乳房に興味が湧きあがる。

おそらく菜穂の乳房の感じに一番近いかも知れない。そう思うと、ますます好奇心が込みあげてくる。

「でっ、どうする？　二人で……しちゃう？」

沙織の口調は、どうすると尋ねるよりも、するんでしょうと確認をする感じだ。

「まっ、まあ、そういうことなら……」

優矢は積極的ではないけれど、しかたがないから応じるというニュアンスで答えた。すでに沙織や百合絵とは関係を持っている。それならば、いまさらひとり増えても変わらない気さえした。

優矢の言葉に、沙織は嬉しそうに笑みを浮かべた。彼女のペースに巻きこまれっぱなしだ。

ならば食われるのではなく、食ってやる。そんな気持ちにもなろうかというものだ。

沙織はカウンターに置かれていたベルチャイムを振った。甲高い金属音が鳴り響く。それがサインだったのだろう。手洗いから雛子が戻ってくる。手洗いの中で彼女もどきどきしていたに違いない。

「すみません。よっ、よろしくお願いします」

遠慮がちに頭をさげた雛子の頬は、うっすらと紅潮していた。

「じゃあ、決まりね」

沙織はほくそ笑むと、カウンターから出てきた。店の入り口に鍵をかけ、ふたりに席を立つように促す。

沙織を先頭に店の奥へと進んでいく。

「ここはね、いざというときには開くようになっているのよ」

沙織は鍵束を取りだし、店の最奥にある扉の鍵穴に差しこんだ。子供の頃から通っているが、この扉が開くのは一度も見たことがない。

ギイッ……。鈍い音を立てて金属製の扉が開く。扉の向こうは、優矢が裏通りから入ってくる住居部分の玄関に繋がっていた。

沙織に招かれるままに、二階のリビングへとあがった。三人ともすでに店で赤ワインを飲んでいる。

　ほんわりといい心持ちだ。アルコールは心のブレーキを緩める。これも沙織の計算かも知れない。

「さっきはハウスワインだったけれど、今夜はとびっきりのワインを開けちゃおうかしら？」

　沙織は小型のワインセラーから赤ワインを取りだした。ボルドー産の赤ワインだ。それを大ぶりのグラスに注ぐ。

　これから起こることに緊張しているのか、雛子は言葉数が少なくなっている。その代わりに、目の前のグラスに頻繁に手を伸ばした。

　あまり強くはないのだろう。首筋の辺りまでピンク色に染まっている。まるで、押し寄せる恥じらいをアルコールで誤魔化そうとしているみたいだ。

「じゃあ、優矢くん。まずはシャワーを浴びてきたら？　バスルームとお手洗いはリビングの向かい側よ。バスタオルは置いてあるから、巻いて出てきて」

　沙織の言葉に、優矢は無言で立ちあがった。

　いままでにそんなことを言われたことはない。今夜は雛子もいるので、気を遣っているのだろう。

優矢がシャワーを済ませると、沙織が続いた。最後に雛子がシャワーに立つ。

バスルームから出た優矢と沙織は、バスタオルを巻いただけの姿だ。その恰好のまで、リビングでワインを楽しむ。

なんとなく、どこかの旅先にいるみたいな気持ちになった。

しばらくしてシャワーの音が止むと、雛子が出てきた。バスタオルを巻いているが、両肩にはブラジャーの紐が見える。

「あら、嫌だわ。ブラジャーなんかして」

「だっ、だって……恥ずかしいじゃないですか……」

沙織の言葉に、雛子は口ごもった。

バスタオルを巻いた胸元が、頬紅をはたいたみたいにピンク色に染まっているのは、アルコールのせいだけではなさそうだ。

「まあ、いいわ。じゃあ、そろそろ移動しましょうか？」

どこに移動するのかはわかりきっていた。ふたりで寝てもまだ広い、ワイドサイズのベッドが置かれた寝室に決まっている。

バスタオルを巻いた姿の三人は呑んでいたワイングラスを手に、ベッドルームに移動した。沙織だけはグラスの他にワインのボトルも持っている。

ベッドルームはあらかじめ、やや照明を落としていた。

グラスとボトルはベッドサイドのテーブルに載せた。三人はベッドに腰をおろした。優矢を中心にしたポジションだ。

「じゃあ、今夜は派手に弾けちゃいましょうか」

言うなり、沙織は優矢が腰に巻いていたバスタオルを少し乱暴に剝ぎとった。

「さっ、沙織さんっ……」

いきなりの早業に、優矢は抗議めいた言葉を口にしかけた。

僕だけ裸にするなんて……。そう言おうとした瞬間、沙織は自ら肢体を隠していたアイボリーのバスタオルをするりとめくり取った。

沙織は露わになった裸体を隠そうともしない。高々と掲げた右手にバスタオルを持つ姿は、これから闘いに挑む勇者みたいだ。

砲弾みたいに突きだした爆乳が、いつにも増して迫力を感じさせる。雛子はそのさまを呆気に取られて見つめている。

「ほらっ、雛子さんもタオルを取って」

「でっ、でも……」

勇猛果敢な沙織とは違い、雛子は羞恥心をあからさまにした。だめです、と細やかな抗いをみせるみたいに胸元を両手でかき抱いている。

「もうっ、ここまでお膳立てをしてあげたのよ。いまさら、止めますなんてナシにしてよね。そうだわ、恥ずかしくて脱げないんだったら、優矢くんが脱がしてあげてよ」

「ぼっ、僕がですか？」

「そう、こういうときには男が積極的にいかなくちゃ。雛子さんのバスタオルを取ってあげて」

雛子とは今夜が初対面だ。沙織の言葉に、さすがに優矢は面食らった。だが、これは雛子の希望でもあったはずだ。

ここに至るまでに、引きかえすチャンスは幾らでもあった。シャワーを浴びたということは雛子だってソノ気のはずだ。

そうでなければ、初めて会う男の前でバスタオル姿を晒したりはしない。優矢は雛子のほうを向くと、胸元を隠すバスタオルに手をかけた。

雛子は目尻をひくりとさせたが、抵抗する素振りはみせなかった。そうだ、彼女だってこれから起こることを期待しているに違いない。

優矢はタオルを摑むと、それを引っぱるようにして、ややぽっちゃりとした肢体から奪いとった。

「あぁーんっ……」

雛子は眉頭を寄せると、胸元で両腕を交差させた。腕の隙間から乳房を包むブラジャーがのぞく。ブラジャーは淡いブルーだ。

「あっ……」

優矢の口からも短い驚きの声が洩れた。

ホワイトデーの日に、菜穂の胸元を覆いかくしていたのも似た色合いのブラジャーだった。

雛子と菜穂。ふたりに共通するのはほっこりする癒し系ということだ。下着の色もあって、ふたりの印象がさらに重なる。

「もうっ、バスタオルの下にしっかりとブラジャーまで着けちゃうなんて」

沙織は揶揄するような言葉を口にした。

「だって……沙織さんはスタイルがいいけれど……」

雛子は羞恥に視線を泳がせた。

だが優矢からすれば、読者モデルをしていた百合絵は少し細すぎるし、巨乳が自慢の沙織は逆に迫力がありすぎて、物怖じしそうなくらいだ。

ややぽっちゃりした雛子が、恥じらいに肢体をよじるさまがいじらしく思える。なんと言えばいいのだろう。好きな女の子に悪戯をしかけたくなる、少年のような気持ちに似ていた。

肩口や二の腕に程よく脂が乗った雛子の身体は、柔らかい曲線を描いている。それがとても女性的に思えた。

観賞するのと抱きしめるのとは違う。見るからにふにゅりとした女っぽい肢体は、いかにも抱き心地がよさそうに見える。

「ここまできても、雛子さんったらイイ子ちゃんなんだから」

沙織は見せつけるように、暴力的にも思える乳房のふくらみを揺さぶってみせた。まるで雛子を挑発しているような口ぶりだ。

「まあ、いいわ。だったら、そこで見ているといいわ。したくなったら、雛子さんも参加すればいいでしょう？」

沙織は少し突きはなすような感じで言った。

沙織はブラジャーはおろか、ショーツさえも着けていない。生まれたままの姿は、西洋の絵画に出てくるヴィーナスみたいだ。

「優矢くん、ねえ、キスして……」

ちゅっと軽く唇を鳴らすと、ベッドに浅く腰かけた沙織は身を乗りだし、唇を突きだした。キスをリクエストする仕草。

同じベッドルームに同性がいることを意識しているのだろう。少し芝居がかった物言いがなんともセクシーだ。

優矢は言われるままに、唇を重ねた。店にくる時点で、沙織とそうなるつもりはあった。

この展開には正直戸惑ったが、下心は正直だ。

ふっくらとした唇とぬめっとした舌先の感触に、剝き身になった屹立がひくっと跳ねあがる。

くちゅっ、ちゅぷっ、ちゅっ、ぢゅっ……。

大きく開いた唇を斜（はす）に構えて重ねるキスが、頭の芯にずきずきと響く卑猥な音を立てる。それが薄暗いベッドルームを淫靡な空間に変えていく。

雛子がいることを意識しないわけがない。逆に菜穂に雰囲気が似た雛子がいることが、優矢にとっては刺激剤になっていた。

キスをしているだけで、下腹の付け根に息づく男のモノがむらむらと頭をもたげた。

言葉もなく見つめている雛子の視線を感じる。

「あーん、今夜も元気なオチ×チンねえ。嬉しいわ。見られてると余計に興奮しちゃう?」

沙織は悪戯っぽく尋ねた。言葉だけではない。ベッドの上にだらりと垂れさがった玉袋をゆるりと撫であげる。

肉竿をいきなり攻めるのではなく、わざと回り道をするところに熟女のねちっこさが現れている気がした。

「沙織さん、相変わらずスケベですね」

「ふふっ、そう? エッチな女は嫌い?」

雛子に見せつけるみたいに、沙織はわざと身体を密着させてくる。

優矢の胸板に巨大なお椀形の乳房が重なった。それは沙織の息遣いに合わせ、ぶるんぶるんと重たげに弾んだ。

「はあっ、我慢できなくなっちゃうわ」

沙織は優矢の首に手を回すと、盛大にキスの雨を降らした。雛子がいることに興奮しているのは、優矢だけではないらしい。

ふたりは抱きあったまま、ベッドに縺れこんだ。沙織が優矢の上に跨る形だ。

「あーん、おっぱい、吸ってえ……」

優矢の目の前に巨大な乳房が迫ってくる。その先端はすでににゅっとしこり立っていた。

優矢は舌先を伸ばすと、エッチなおねだりに昂る乳首をちろりと舐めまわした。

「はあっ……あーんっ……気持ちいい……」

沙織はもっととせがむみたいに、背筋を反らした。首元にくっきりと鎖骨が浮かんでいる。

優矢は左手を右の乳首へと伸ばした。獲物を狙う猛禽類のように指先をがっと開くと、片手では支えきれないほどの量感の乳房にぎゅっと爪先を食いこませる。

そのまま、左の乳房にれろりれろりと舌先を這わせる。あえて乳首ではなく、乳輪の周囲に円を描くように舌をまとわりつかせる。

焦らすような愛撫に沙織は、

「んーんっ、もっとぉっ……」

と、もどかしげに胸元を揺さぶった。敏感な部分に当たるようにと、舌先を追いかけるみたいに胸元をくねらせる。

情念を滲ませる沙織を見ていると、こちらまで劣情をかき乱されるみたいだ。優矢はミルクティー色の乳首に口づけた。

ぴぃんと身を硬くする乳首を口の中に含むと、舌を絡みつかせる。

「ああっ、いいっ……おっぱいっ、いいっ……感じちゃうっ……」

沙織はうっとりとした声を洩らした。頬にかかる黒髪が妙齢の女のあだっぽさを醸しだしている。

口の中で転がす乳首の付け根に歯を当てる。沙織の声が甘さを増す。

彼女の喘ぎは、まるで声も洩らさずにふたりの痴態をじっと見守る雛子を誘惑しているみたいだ。

優矢は乳首に当てた歯に力を込めた。ぎゅっと前歯を食いこませて、乳首の表面を刺激するように舌を軽やかに踊らせる。

「はあっ……いいっ……たまんなくなっちゃうっ」

そう囁くと、沙織は優矢の下半身に息づくものに手を伸ばした。葉脈のように無数の血管が走る若々しい肉柱をぎゅっと握りしめる。

「ああっ、ぬるぬるしてるぅっ……オチ×チン……ぎちぎちに……なってるぅ……」

沙織は聞こえよがしの声をあげた。明らかに雛子を意識している。

優矢はちらりと雛子のほうに視線を振った。

彼女は左手で胸元を隠しながら、左右の太腿をもぞもぞとこすり合わせている。右手は重ねた太腿の上を撫でまわしていた。

ぎこちない雛子の右手の動きから、どうしていいのか思案しているのが伝わってくる。

優矢は右手を沙織の太腿の付け根へと忍ばせた。

指先でぴったりと重なった花びらの上をなぞる。ほんのりと湿気を帯びているが、まだ蜜は滴りおちていない。

少し指先に力を入れるようにして、花びらの合わせ目に指先を割りこませる。その途端だ。花びらで堰きとめられていた甘蜜がとろっと垂れおちてくる。

見られていることで昂揚(こうよう)していたのだろう。いったん溢れだした蜜は、指を伝うように滴りおちてくる。

くちゅっ、くちゅっ、ぐちゅ……。

女唇をいじる音が、どんどん水っけを含んだものに変わっていく。

優矢は花びらの合わせ目に人差し指を潜りこませた。指先を第二関節よりも深く埋めこんで、彼女の内部をまさぐる。

「あっ……そこっ……そこ……ああんっ……Gスポット……弱いのぉっ」

沙織は本気声を迸らせた。生々しく腰をうねらせる。指を咥えこんだ女壺からどんどん泉が湧いてくる。

　ぐちゅっ、ぐにゅ、ぐっぢゅぅっ……。

　優矢はわざと淫猥な音を立てるように指先を動かした。人差し指だけではなく、中指も差し入れる。

「ああっ……いいっ……すっごいっ……やだっ……こんなに……」

　溢れかえる蜜液に、沙織は喉の奥に詰まった声を洩らした。肉の柔らかい内腿がひくついている。沙織が感じている証だ。

「はぁっ……」

　沙織とは声質の違う吐息があがる。優矢は吐息を追うように視線を向けた。

「あっ、やだっ……」

　優矢の眼差しに気づいた雛子は表情を強ばらせた。雛子の左手はブラジャーのカップの中に潜りこみ、なにかをこねくり回している。

　右手の指先も、わずかに開いた太腿のあわいをまさぐっている。見せつけられた雛子がこらえきれなくなって、自分の指先で慰めているのは一目瞭然だった。

「ああんっ、もっと……いいのっ……もっともっと……してぇっ……」

　優矢の心を引き戻すように、沙織がなまめかしい声で訴える。優矢の指先は、彼女の中にじゅっぽりと埋めこまれたままだ。

はあーっ、ふうーっ。優矢は深呼吸をした。いまの相手は雛子ではない。まずは目の前で身をくねらせる沙織を満足させてやらなくてはならない。

気を取りなおすと、優矢は右手に意識を集中させた。人差し指と中指は蜜壺に埋めこんでいる。さらに親指をぷりっとふくれあがった淫核にあてがう。

Gスポットとクリトリスを同時に攻める作戦だ。神経を研ぎすまして、沙織の敏感な部分を刺激する。

「ひあっ……そんな……ああーっ……いいっ……おかしくなるっ……指だけで……指だけで……イッちゃう……イッ……」

沙織の喘ぎが途切れる。優矢が唇で塞いだからだ。

以前に沙織が上顎の内側の肉の薄い部分を舌先で愛撫したのを再現するみたいに、優矢はぐっと伸ばした舌を這わせた。

ゆるゆると舌先で刺激すると、彼女の背筋が小刻みに震える。呼吸を堰きとめられた彼女は、苦しそうに顔を左右に揺さぶった。

沙織は眉間に皺を刻むと、優矢のキスから逃れた。

その刹那、彼女の身体がびくんっと大きく跳ねあがった。まるで海面から飛びだした魚みたいに、グラマラスな肢体をぎゅんっとしならせる。

「……イッ……ちゃったっ……」

沙織は半開きの唇から法悦の声を洩らすと、まるでマシンガンで乱射された標的みたいに全身をがくがくと前後左右に揺さぶった。

酸欠状態での二点責めは想像以上にこたえたようだ。彼女は顎先を大きく突きだすと、一瞬身体の動きを止めた。

そのまま片膝をあげ、ベッドに仰向けに倒れこんだ。

「ああん、ずっ、ずるいわ……こんなふうに見せつけるなんて……」

唐突に雛子が少しヒステリックにも聞こえる声をあげた。至近距離で繰りひろげられた艶技に、感じないほうがどうかしているだろう。

雛子の瞳にはうっすらと水膜が張っていた。うるうるとした瞳からは、いまにも涙がこぼれ落ちそうだ。

雛子は焦れた子供のように、まろやかな身体を揺さぶった。

「……もうっ、だったら……最初から……素直になればいいのに……」

エクスタシーの余韻に喘ぐ沙織は、焦れる雛子に向かって嘯(うそぶ)いた。

「だっ、だって……」

お姉さんぶった沙織の言葉に、雛子が唇をへの字に曲げた。優矢よりも年上なのに、その表情はなんだかあどけなくさえ見える。

奥手だと紹介された雛子が、感情を剝きだしにするほどに昂っているのが見てとれた。

「だから、ちゃんと取っておいてあげたじゃない？　わたしは優矢くんのオチ×チンをしゃぶってもいないし、オマ×コに挿れてももらっていないのよ。美味しいところは、ぜんぶ雛子さんのために残しておいたんだから」

乱れた呼吸とともに沙織が言った。確かにそうだ。

沙織の誘惑に乗って愛撫合戦をしたが、彼女は今回に限っては口唇奉仕もしてこなければ、挿入もねだらなかった。

それには深い意味があったのだ。優矢は合点がいく気がした。

「優矢くんはスタンバイ・オッケーって感じよ。雛子さんはどうするの？　ここまできてやっぱり止めるなんて言える？　言えないわよね？」

沙織は艶然と笑ってみせた。まだ焦点が合いきらないとろんとした目元が、快感の度合いを表しているみたいだ。

雛子の右手の指先は、太腿の合わせ目に忍びこんだままだ。ふたりの行為に唆(そそのか)されて、媚肉をまさぐっていたのは誰の目にも明らかだった。

「下ごしらえはしておいたから、あとは美味しくいただくだけよ」

沙織の言葉には熟れきった女の余裕が感じられた。男と女のことは年齢の差というよりも、実体験の差がものをいうらしい。

しかし、初々しさをみせる雛子もまた男の心に深く訴えかける。

「どうする？　僕は無理強いをする気はないけど？」

優矢は水を向けた。雛子に心惹かれないとは言わないが、心を決めかねている人妻を無理やり押したおすほど飢えてはいない。

「すっ、すみませんでした。沙織さんの気持ちも知らずに焼きもちなんて妬いて……。恥ずかしいです。あの……いまさらですけれど……お願いできますか？」

雛子は申し訳なさそうに頭を垂れた。

「本当にいいの？」

「はいっ、だっ、抱いてもらえますか……」

優矢の問いに、雛子は小さく頷いた。抱いて、という彼女の言葉にペニスが過敏に反応する。

雛子と入れ替わるように、沙織はベッドサイドに腰をおろした。渇ききった喉を潤すように、テーブルの上のワイングラスに手を伸ばしている。

優矢が手招きすると、雛子はベッドの中央に歩みよった。ほわんとした雰囲気の彼女には、淡い色のランジェリーがよく似合う。

特に淡いブルーの下着は、優矢にとって菜穂との思い出が呼びおこされる印象ぶかい色だった。

優矢は雛子を抱きよせると、唇を重ねた。ふっくらとした唇はマシュマロみたいだ。舌先を伸ばすと、彼女は少し戸惑いの色を浮かべながらも舌を巻きつけてきた。

沙織や百合絵の情熱的で積極的なキスとは違う、控えめな応じかたが新鮮だ。舌を巻きつけるようにしてずずっと吸いあげると、雛子ははあっと声を洩らし、ブラジャーに包まれた胸元を揺らした。

雛子の背中に手を回す。後ろホックを探り、それをぷちっと外すと、手のひらから少しはみ出すほどの柔乳がこぼれ落ちた。

乳房を掌中に収める。

Dカップくらいだろうか。中身がたっぷりと詰まった肉まんみたいにむっちりとした感触が心地よい。

知らず知らずに手のひらに力が漲る。力が滾るのは手のひらだけではない。

沙織との愛撫合戦では、優矢は精を放出するどころか挿入もしていなかった。お預けを喰らった形のまま、肉棒は硬さを維持していた。

「さっ、触ってもいいですか？」

雛子は目を見開き、先走りの液体で濡れひかるペニスを凝視している。やがておずおずと右手を伸ばすと、きちきちになっている肉の柱をきゅっと掴んだ。

「ああっ、すごい……硬いっ……」

彼女の瞳に妖しい輝きが宿る。まるで懐かしい玩具を見つけたみたいに、じっくりと観察している。

こんなに可愛らしい人妻を抱かずにいるなんてどうかしている。優矢は素直にそう思った。

「おっ、おしゃぶりしてもいいですか？」

雛子の問いに、優矢はこくりと頷いた。膝立ちになると、雛子がペニスへと口元を近づけてくる。

開いた唇から伸びたピンク色の舌先が、鈴口をちろちろと舐めあげる。

彼女は宙に向かって反りかえる肉茎を右手で握りしめた。ちょうど裏筋が彼女の目の前にくる格好だ。

ちろっ、ぺろりっ……。

彼女は粘膜に近い色合いの裏筋を、遠慮がちにつぅーっと舐めあげた。鈴口から滴るぬるついた液体と唾液によって、舌先が緩やかに這いまわる。

「ああっ、いいよっ。もっとエッチに舐めまわして……」

優矢は悦びの声を洩らすと、雛子の後頭部に両手を回した。おっとりとした雰囲気の彼女らしく、おしゃぶりのしかたもどことなくぎこちない。

熟練したフェラは魅力的だが、不慣れな感じの口唇奉仕もまた心地よい。

上手とか下手とかの前に、人妻とは思えない純情っぷりが男心に響く。尻肉にざわざわと快感のさざ波が走る。

雛子はペニスを掴みなおすと、今度はぷりっと張りだした亀頭の縁に沿うように舌先をまとわりつかせた。

優矢の反応をうかがうように、雛子が見つめてくる。

「いいよっ、そう、いやらしく舐めて……」

優矢は口元をもごもごさせた。上目遣いで見られると、ますます昂ってしまう。他人の妻が目の前に膝をついて、肉柱を熱心にしゃぶっている。

沙織や百合絵に仕込まれる前ならば、この状況設定だけであっという間に暴発したに違いない。

優矢は両手を露わになった乳房へと伸ばした。重量感を確かめるみたいに、しっかりと下から支えもつ。

手のひらにずんっとくるボリューム感がたまらない。八重桜を思わせる濃い桜色の乳輪は三センチほどだ。

親指の先を押しこむようにして、その頂を二度三度とクリックする。男の指先の感触に驚いたように、乳輪全体がにゅっと縮みあがる。

収縮したことで、乳首がひと回り大きくなったように見えた。色合いも濃くなっている。

優矢は親指だけでなく人差し指も使って、尖りたった乳首を転がすように弄んだ。

「あーんっ、エッチな……エッチな……こっ、声が……でちゃうっ……」

雛子は身体をくねらせた。両手の中の柔乳が背筋の動きに合わせるように弾む。沙織が乱れる姿を羨ましげに眺めていたときとは、明らかに顔つきが違う。

突きだしたヒップが描く、まろやかな曲線が色っぽい。

強気で迫ってくる沙織や百合絵とはまったくタイプが違う。雛子はどちらかというと、男に些細な悪戯心を抱かせるように思えた。

優矢は乳首を摘まむ親指と人差し指に若干力を込めた。硬くしこった乳首に指先が食いこむ。

「はぁっ……そんなぁ……おっぱい……ずきずきしちゃうっ……」

雛子は背筋をのけ反らせた。嫌がっている声ではなかった。もっととねだるような甘え声。指先に感じる感触がますます硬くなるのがわかる。

優矢は乳首を丹念にこねくり回した。

わざと左右にひねるようにすると、雛子は嬉しそうに尾っぽをふる仔犬みたいに、淡いブルーのショーツに包まれたヒップを揺さぶった。

どうやら意地悪をされると、昂る性質のようだ。

「沙織さんと僕のことを見ながら、さっきはなにをしてたの？」

「あっ、いゃあんっ……」

「ひとりでいじってたんだ？　どこをいじってたの？」

優矢はわかりきっていることをあえて口に出してみた。

「いっ、いや……恥ずかしい……そっ、そんなの……言えないっ……」

からかうような優矢の言葉に、雛子は嫌々をするみたいに肢体をうねらせた。恥じらいに満ちた声は、本気で拒んでいるようには聞こえなかった。

その証拠に雛子の身体を包んでいる最後の薄衣からは、ほんのりと甘ったるい発情した牝が放つ独特の香りが漂ってくる。

「言えないんだったら、ショーツの中身は放っておいていいんだ？」

優矢はそう囁くと、ショーツのクロッチ部分を指の先で軽く突っついた。

「あっ……」

短い雛子の声とともに、二枚重ねのクロッチ部分に溜まっていた蜜が、ショーツの表地までじゅわっと滲みだしてくる。

部屋に漂う女の香りがいっそう強くなった。

膝立ちになっていた優矢は、雛子を仰向けに押したおした。淡いブルーのショーツの両サイドに手をかける。

雛子はぎゅっと目を閉じて、両膝をすり合わせている。乳腺の密度が高い三十路の乳房はあまり横に流れることなく、こんもりとした丘陵を描いている。

女のショーツに手をかけると、どうしてこんなにも胸が高鳴るのだろう。優矢は大きく息を吸いこみ、ショーツの引きおろしにかかった。

少しずつ控えめな感じの繁みが現れる。縮れ毛はあまり濃くはなく、うっすらと地肌が透けて見えた。

ややぽっちゃりとした肢体に相応しく、女丘には旨そうな肉がついている。

足首からするりとショーツを引きぬく。

「ぁんっ……」

雛子は左右の太腿を重ねた。見てはだめだと訴えているみたいだ。身体は熟女なのに、その中身は若い娘みたいだ。そんなギャップが男心を萌えあがらせる。

優矢は前のめりになると、彼女の両足を強引に割りひらいた。太腿の付け根に視線が吸いよせられる。

雛子は右手で胸のふくらみを、左手で草むらが繁る恥丘を隠そうとした。

「ああっ……こんなに……」

草むらは朝露が降りたように水分を孕んでいた。雛子は草むらが水っけを帯びていることに驚いたように、小さな声をあげた。

「沙織さんと僕がしてるのを見て、こんなふうに濡れちゃったんだ」

優矢はふっくらとした大陰唇を左右にくつろげながら囁いた。

「あっ……そんなこと……言わな……いで……はっ、恥ずかしい……こんなに……濡れちゃうなんて……」

優矢の視線に雛子は身体を震わせた。見るからに柔らかそうな内腿がひくついている。

仰向けになった雛子の足を抱えもつ。大きく左右に開かれた、むっちりとした太腿とふくらはぎがMの字を描く。

ほどよく発達した大陰唇の中心に、まだ花弁を開かない女花が潜んでいた。閉じあわせた二枚の花びらの隙間から、とろんとした蜜液が滲みだしている。

淫核は控えめな感じで、薄い肉膜の中に閉じこもっている。まるで見つけられないように、隠れているみたいだ。

優矢はノックをするみたいに、デリケートな肉蕾を軽くクリックした。

「あっ、ああっ……そっ、そこ……だっ、だめっ……」

雛子は顎先を突きだして、声を裏返らせた。優矢はますます顔を近づけた。息が吹きかかるほどの至近距離だ。

「ああんっ……あんまり……見ちゃ……見ちゃ……だめえっ……」

雛子はだめと口走りながらも、優矢の手を振りはらおうとはしなかった。ベッドに沈めた尻が左右にくねるたびに、粘膜色の花びらがかすかにそよいだ。

まるで花蜜を集めるミツバチを誘っているみたいだ。優矢は繊細な花びらを左右に広げた。花びらの内側は肉の色がとびっきり鮮やかだ。

花びらの中心部の女の洞窟がのぞく。優矢は人差し指をゆっくりと差し入れた。まるで生のハンバーグのタネに指を突き入れた感じだ。

女花の中は想像以上にぬるぬるの蜜で溢れかえっていた。柔らかい肉が嬉しそうに絡みついてくる。

どこが感じるかは沙織に仕込まれている。優矢は指先に力を込めると、膣壁の内側をゆるゆるとこすりあげた。

「あっ、ああっ、いいっ……あぁーんっ、もっともっと……ほっ……欲しく……なっちゃうぅっ……おっきいのが……欲しくなっちゃうっ……」

「なにが欲しいの？　はっきり言わないと、あげないよ」

優矢はわざともったいぶった言いかたをすると、下半身を揺さぶった。喘ぐ彼女の目にも、股間で踏んぞりかえっている怒張が見えるはずだ。

「はあっ……意地悪しないでえっ……かっ、硬いの……挿れてぇっ……」

「硬いのじゃ、わからないよ。なにをどこに挿れて欲しいんだよ？」

「ああっ、もうっ……わかってるくせにぃ……硬いの……かたいオチ×チンが……欲しいの……オマ×コに……挿れて欲しいのっ……」

観念したように、雛子は卑猥な単語を口にした。恥ずかしいおねだりを強要されることで、ますます興奮しているようだ。

繋がりたいのは優矢も同じだ。

勃起しっぱなしのペニスが、温かくぬめる膣肉に包まれたいというように上下に弾んだ。

優矢は雛子の太腿を高々と抱えると、真正面から挑みかかろうとした。亀頭の先端が花びらに触れる寸前のところで、雛子が、

「あーん……待ってぇ……ねえっ……うっ、後ろから挿れて……」

とせがんだ。

「後ろからって……」

優矢は雛子の言葉の意味を理解した。ビデオなどでは観たことはあるが、実際の経験はない。

ウエストからぐっと張りだした双臀のラインは魅力的だ。あのヒップを両手で摑んで貫いたら、いままでとは違う悦びが得られるだろう。

動物っぽい格好を妄想するだけで、淫嚢がきゅんとせりあがる。

雛子は身体を起こすと、きてとせがむみたいにヒップを高々と突きだした。

女豹みたいなポーズを取ったことで、ちゅんと口をすぼめたような肛門までもが曝けだされる。

肉ひだが幾重にも重なる女性器とは違い、肛門は極めてシンプルな感じだ。雛子自身も見たことがないであろう恥ずかしすぎる部分だ。

優矢の視線に気づいたように、放射線状の括約筋がきゅうんと収縮する。こんなにも煽情的な恰好を見せられたら、男の象徴を突きたてずにはいられなくなる。

優矢は亀頭の先端を使い、花びらを左右に割りひろげた。そのまま真っ直ぐに腰を前に突きだす。

指先に感じた膣肉の感触。それがペニスにねっとりと絡みついてくる。正常位や屈曲位もいいが、後背位は女を征服しているという視覚的な快感が強い。

優矢はずんっ、ずんっと腰を前に押しだした。雛子はベッドに両手をついている。腰を使うたびに、三十路の乳房が重たげにゆさゆさと弾んだ。

「ああんっ……きっ、気持ちいいっ……おっきいのが……硬いのが……ああっ、入ってるぅっ……」

雛子は髪をふり乱した。肩よりも長い巻き毛が揺れる。彼女のよがる顔はよく見えない。それが逆に妄想をかき立てた。

それはもしかしたら、喘ぐ顔を夫以外には見せたくないという彼女なりの義理立てなのかもしれない。そんなふうにも思えた。

「後ろからズコズコされて悦ぶなんて、エッチな奥さんだな」

優矢はわざと奥さんという言葉を口にした。

「ひあっ……奥さんって……奥さんなんて……言っちゃっ……だめぇっ……」

ベッドについた雛子の手がシーツをぎゅっと摑んだ。

優矢はさらに腰に力を漲らせた。彼女の最奥を目指すように、前に前にと腰を突きだす。

「はあっ……おっ、奥まで……奥まで……はっ、入ってるぅっ……」

雛子は勢いに押されるように、どんどん前のめりになっていた。

玉袋がヒップを打つ、ぱんっ、ぱーんっという軽妙な音が響きわたる。

「悪い奥さんだな。こんなにズコズコされてるのにスケベな声をあげて」

「はあんっ……そうなの……悪い子なの……ぶっ、ぶって……悪い子だって……お尻ぺんぺんしてえっ」

雛子は優矢のほうを振りかえりながら、臀部への打擲(ちょうちゃく)をねだった。もうここまできたら行くところまで行くしかない。

優矢は右手で肉の厚いヒップを軽く叩いた。彼女の背筋がびくんと戦慄く。

二度、三度。手のひらの形をなぞるように、熟れた尻がほんのりとピンク色に染まっていく。

「あっ、ああっ……ああっ……いいっ……いいっ……悪い子だって……いっぱい……ぶってえっ……」

雛子は声を絞った。

ぱーんっ、ぱーんっ。尻を打つタイミングに合わせて、ヴァギナが肉茎をぎゅりぎゅりと締めあげる。

優矢は奥歯を嚙みしめた。

いつもとは違う繋がりかた。深々と繋がりながら、女の尻を打つのも初めてだ。それは新鮮で、サディスティックな悦びを呼びおこしていた。

「あっ、あんまり締めつけたら……」

優矢は苦しげに唸った。スパンキングのリズムに合わせた膣壁の収縮は強烈だ。必死でこらえてはいるが、快感は切羽つまったものになっていく。

いつ暴発してもおかしくない。

「あっ、言い忘れてたわ。彼女、生理が不順なのよ。だからイクときは膣外に射精してあげてね」

ワインを呑んでいた沙織は、ふと思いだしたように言った。

「膣外に射精せって……」

優矢のペニスは彼女の深淵にぶち当たっていた。もうこれ以上は入らないというところまで深々と貫いている。

「あんっ、ごっ、ごめんなさい……イッ、イクときは……おっ、お口に……ください……お口に……だしてっ……」

優矢に背中を向けたまま、他人の妻は大胆なことを口にした。

形のいい唇でご奉仕されると気持ちがいい。ならば、その唇に包まれながら発射したら、もっと気持ちがいいはずだ。

抑えていた快感が急激に上昇する。しかし、その前に雛子を満足させなければならない。

優矢は後背位で繋がった結合部へと右手を伸ばした。結合部の真下には敏感なクリトリスが潜んでいる。

たっぷりの蜜を指先になすりつけると、薄膜に包まれた肉蕾をくりくりと刺激する。

「あっ、そっ、そんなぁっ……ああっ……クッ、クリちゃんがぁっ……」

雛子はびゅくんと肢体を震わせた。ますます女壺の締めつけがきつくなる。優矢は腰を振りながら、淫核を探りあてた指先を操った。

肉蕾が大きさを少しずつ増していくのがわかる。亀頭は子宮口に密着していた。彼女を揺さぶるように、腰をゆっくりと前後させる。

「ああっ……なっ、なに……これっ……気持ちいいっ……こんな……はじめて……よすぎて……ヘンに……ヘンになっちゃうぅっ……」

雛子は歓喜に咽んだ。半泣きの声だ。辛抱しているが、優矢の限界も近づいていた。いっきに腰を振らないのは、いまにも暴発してしまいそうだからだ。

それでも、右手で肉豆をクリックし続ける。

「ああっ、もっ……もうっ……いいっ……イッちゃう……イッても……イッても……いいっ……イッても……いいっ……？」

「よしっ、イケッ……思いっきり……イケよっ……」

優矢はいつになく荒っぽい口調で言った。ワイルドな体位は男を野性的にするみたいだ。

「ああっ……イッちゃうっ……イッちゃうっ……」

悩乱の声を迸らせると、雛子は全身をがくっ、がくっと戦慄させた。絶頂を迎えた蜜肉の締めつけはペニスを食いちぎらんばかりだ。

雛子は崩れるようにベッドに倒れこんだ。ずるっとペニスが抜けおちる。肉竿の表面はうっすらと泡だって見える。

優矢はつんのめるように倒れた雛子の肩を摑むと、仰向けにした。口元に男根を押しつける。

雛子は唇を開くと、たったいままで自分の中に埋めこまれていた肉茎にむしゃぶりついた。

女壺とは違う快感が襲ってくる。優矢は雛子の後頭部を抱きかかえた。彼女の舌先がにゅるりと絡みつく。

「んんっ……もう限界だっ」

今度は優矢が声をあげた。

どっ、どくんっ……どぴゅっ……。

いっきに快感の大波が押しよせてくる。優矢は青臭い樹液を雛子の口の中に撃ちこんだ。

彼女は一瞬たじろいだように舌先をひくつかせたが、肉茎を離そうとはしなかった。

一滴残らず放出すると、雛子は喉をごくんと鳴らして樹液を飲みくだした。さらに尿道の中の残滓をすすりあげるように、執念ぶかく舌先を絡みつかせる。

発射したばかりのペニスは敏感だ。丁寧に舐め清めるお掃除フェラにくすぐったいような、それでいてもっともっとしゃぶり尽くされたいような感覚が交錯する。

雛子の口内に白濁液をたっぷりと噴射したというのに、肉柱は少しも萎える気配がない。

「雛子さん、そろそろバトンタッチしてくれなくちゃ。よかったわね。たっぷりとタンパク質を飲ませてもらって。明日はきっとお肌が艶々よ」

ワインを楽しんでいた沙織は、サイドテーブルにグラスを置いた。裸体を腕で隠すことなく、ベッドの中央へと進んでくる。

「……はぁい」

雛子は少し名残り惜しそうな表情を浮かべたが、おとなしく沙織の言葉に従った。極限の興奮状態から解放されたのか、雛子はワイドサイズのベッドの隅に横向きに倒れこんだ。

その表情は充足感に溢れていた。

「あらあら、一度射精したっていうのに、すっごく元気なのね。嬉しくなっちゃう」

優矢の屹立は、ザーメンを発射したばかりだとは思えないほどの硬さを保っている。お掃除フェラで清められた肉柱は、雛子の唾液でてらてらと光っていた。

「わたしも後ろから欲しくなっちゃった」

沙織は亀頭を撫でながら囁いた。

「それはさすがに……」

慣れない後背位に、太腿から臀部にかけて痺れている。優矢は熟女の強欲ぶりに舌を巻いた。

「大丈夫よ。わたしに任せて」

そう言うと、沙織は優矢の体軀を仰向けに押し倒した。優矢に背中を向けるように、腰の辺りに跨る。

「ふふっ、いただきまぁす」

痴れたような声で囁くと、沙織はがちがちに反りかえっているペニスを摑んだ。亀頭の先端を女唇に押しあてながら、ゆっくりと腰をおろしてくる。

ぐちゅっ、くちゅぅっ……。花びらの合わせ目から、ローションみたいなとろとろの蜜が滴りおちてくる。

濃厚なぬめりにすべるように、逞しさを漲らせたペニスが取りこまれていく。まるで甘い香りで獲物を誘う、食虫植物に絡めとられるみたいだ。

「ああっ、いいっ……いつもと……違うところに……あたるっ……はあっ、いいっ……あーんっ、オチ×チンで……えぐられてるみたいっ……」

優矢に背中を向けたまま、沙織は腰をくねらせた。

右へ左へ、また右へ。淫靡な音を立てる結合部に注がれる優矢の視線を煽るように、桃のようなヒップが妖しくくねる。

「おっ、はあっ……」

沙織の腰使いに、優矢は胸元を喘がせた。彼女の蜜壺がしっかりと埋めこまれたペニスをきりきりと締めつける。

まるで蜜壺自体に意志があり、膣壁を自由自在に動かすことができるかのようだ。

「ああんっ、いいわぁ……優矢くんも……しっ、下から……突きあげて……オマ×コ……ズンズン……してえっ……おもいっきり……跳ねあげてえっ……」

沙織は前傾姿勢になると、優矢の膝の横に手をついた。突きだしたヒップの谷間に、ペニスが突きささっているのが丸見えになる。

「はあっ、見ていたら……また……また……欲しくなっちゃうっ……」

なにかにとり憑かれたように、雛子までもがおねだりの声をあげた。

「もう、困ったわね……オチ×チンは……ひとつしかないのよ。だったら……わたしが……イクまで……なめなめしてもらったら……」

沙織の言葉に雛子は目を輝かせた。沙織に唆されるままに、雛子は優矢の顔の上に跨った。

沙織に背中を向ける形。顔面に騎乗した雛子と視線がまともに交錯する。

優矢は舌先を雛子の淫裂に潜りこませた。後背位で突き入れられた雛子の花弁は、ぷっくりと腫れたように厚みを増している。

一度達したことで、肉膜に包まれていた肉蕾もふくらみ、肉膜からいまにも顔をのぞかせそうだ。

「もっと、よく見せて。自分の指でちゃんと開いて」

優矢は卑猥な命令をした。奥手の雛子にとっては、男の目の前で自ら淫唇を広げるなど想像もつかないことだろう。

「ああんっ……はっ……恥ずかしいぃっ……」

雛子は肉感的な下半身を揺さぶった。しかし、恥じらいよりも性的な欲求のほうが強くなっているようだ。

雛子の指先が、ぬるぬるの蜜にまみれた大陰唇を左右に押しひらく。

ぢゅぷぅっ、ぢゅちゅっ……。優矢は口をすぼめると、女花の中に溢れた蜜をずずっと吸いあげた。

舌先に蜜をまぶして、しこり立っている肉蕾を少し荒っぽく舐めまわす。

「ああっ、いいっ……気持ちいいっ……オマ×コ……いいっ……あーんっ……優矢くん……だっ、大好きっ……」

雛子は胸元を突きだした。快美に悶える身体を支える太腿が小刻みに震えている。

「だっ、だめよ……好きなんて言ったら……優矢くんが困るでしょう……あなたは人妻なんだから……それに……優矢くんには……好きな子がいるのよ……」

好きという言葉を口にした雛子を沙織が諫める。

それでも、沙織の腰の動きは少しも収まらない。まるで根も精も尽きるまで搾りとろうとしているみたいだ。

「ああんっ……くっ、くるっ……いいのが……くっ……くるっ……いいっ……イッても……イッちゃっても……いい？……」

沙織は前のめりになって挿入を浅くすると、今度は思いっきり熟れ尻を突きだした。腰を前後に振り、派手な音を立てて抜き差しを楽しんでいる。

優矢はベッドについた拳を握りしめた。雛子の口内に発射しているが、再び快美が込みあげてくる。

「あーんっ、いいっ、イキたいっ。みっ、みんなで……おもいっきり……イキ……ましょうっ……」

沙織はここぞとばかりに腰をうねらせた。それが全員で昇りつめる合図だった。

「うおっ、いいっ……」

ふたりの女に騎乗されながら、優矢は獣じみた嬌声をあげた。背筋がしなり、全身に汗がぶわっと噴きだす。

沙織の中に突きたてたペニスがふくらむと、亀頭から白濁液がどっ、どぴゅっと特大の花火が打ちあがる。

「ああんっ……あっ……熱いのっ……ザーメン……いっ、いっぱい……出てるっ……はあっ……イッちゃう……」

「はあっ、わたしも……また……イッちゃう……」

沙織と雛子も喜悦の声を迸らせた。ふたりの女は肢体を強ばらせると、次の瞬間、壊れかけの操り人形みたいに全身を痙攣させた。

「さっ、沙織さん、僕に好きな子がいるって……」

汗ばんだ身体を横たえながら、優矢が口を開いた。組んずほぐれつの乱戦を繰りひろげた三人は、ベッドの上で荒い呼吸を吐き洩らす。

「気がつかないと思ってた？　子供の頃から知ってるのよ。優矢くんが菜穂ちゃんのことを好きだってことぐらい、ずっとわかってたわよ」

「えっ……」

沙織の口から飛びだした菜穂の名前に、優矢はごくりと息を飲んだ。

「菜穂ちゃんも優矢くんのことが好きみたいよ。だって、彼女もうちの店の常連さんなんだもの。彼女、ひとりっ子でしょう。子供の頃からわたしのことをお姉さんみたいに慕ってくれてるの。女同士って、そういうのはなんとなくわかるものなのよ」

額に滲む汗を指先で拭いながら、沙織が言った。

「菜穂も僕のこと……」

「そうよ、ふたりとも素直じゃないんだから。見ているほうが焦れったくなっちゃったわ。そろそろちゃんと告白して付き合っちゃいなさいよ。でも、せっかくだから……三人で……もう一回しない？」

沙織は優矢の乳首を指先でちゅんと突っつくと、最高の笑顔をみせた。

第五章　遂げられた想い

二日後の夜、優矢は菜穂に一本の電話を入れた。

『あらっ、優矢くん、どうしたの？』

フラワーショップではなく、菜穂のスマホ宛てに電話をかけると彼女が出た。

『あのさ、頼みがあるんだけど……』

『えっ、なあに？』

『閉店後の時間で悪いんだけど、明日、僕の家に花束を届けてもらえないかな』

『んっ、まあ、いいけれど……。何時くらいに届ければいいの？』

『そうだな、午後八時くらいに届けてもらえるかな』

『大丈夫よ。それぐらいの時間なら。予算とどんな感じでアレンジすればいいかを教えてもらえる？』

『そうだな、予算は二万円くらいかな。赤い薔薇をメインにして、できるだけ豪華な感じにしてもらえると嬉しいんだけど』

優矢は花束としては、やや破格と思える予算を提示した。

『二万円ね。ずいぶんと気合いが入ってるのね』

『まあね、今回はちょっと特別なんだ』

『そう、特別なの……』

電話の向こうに菜穂の戸惑いを感じた。なにかを尋ねたいという空気が伝わってくるが、優矢はあえて多くは語らなかった。

『じゃあ、頼んだよ。素敵なのを期待してるからさ』

優矢は少し意味ありげに言うと、電話を切った。

さあ、これで後もどりはできない――。


翌日、午後八時少し前に菜穂が訪ねてきた。チャイムを鳴らす前に、玄関先で待ちかまえていた優矢が出迎えた。

さすがは二万円の花束だ。真っ赤な大輪の薔薇を基調に、純白のカサブランカやカスミソウなどがたっぷりと添えてある。

まるで映画などでプロポーズをするシーンに登場する花束みたいだ。

両手に抱えた花束で、小柄な菜穂の上半身がほぼ隠れてしまっている。

「なんだか今日はずいぶんとお洒落なのね」

菜穂は少し眩しそうに優矢を見つめた。

今夜の優矢はスーツ姿だった。実家の仕事を始めてからは、作業着やカジュアルなファッションばかりだ。思えば、スーツを着たのは久しぶりのことだった。

菜穂は仕事が終わっているということもあって、エプロンは着けてない。

膝よりも少し長めのふんわりとした濃いグレーのスカートに、白いブラウスを合わせている。千鳥格子のジャケットも羽織っていた。

胸元まで伸びた髪の毛は緩く毛先を巻き、サイドだけを後頭部で結んでいる。派手ではないが、年相応の女らしくお洒落に気を遣っているという印象だ。

「届けてもらったついでと言ったらなんだけど、少し付き合ってくれないかな？」

「うん、まあ、いいけれど……どこに行くの？」

優矢の言葉に、菜穂は少し怪訝そうな表情を浮かべた。

「まあ、いいからさ」

「だって、その花束を届けるんじゃないの？」

曖昧な言葉で誤魔化そうとする優矢に、菜穂は胸の中に抱いていた疑問をぶつけてきた。

わざわざこんな時間に配達を指定してきたのだ。これから向かうのは花束を贈る相手の元だろうと考えるのが普通だ。

だとしたら、花束を作ったとはいえ菜穂を連れていくのはかなり不自然だ。

「わたしを連れていくのって、ちょっとヘンじゃない？」

菜穂の表情に、わずかに拗ねたような色が浮かぶ。その瞳は嫉妬めいたものを孕んでいる。優矢はそれを見逃さなかった。

「いいから、付き合ってくれって。頼むからさ」

優矢は目の前で手を合わせて、拝みたおすような仕草をした。花束を受けとると、それを車庫に駐めていた車の後部座席に置いた。

「頼むから、付き合ってくれよ」

「だって、花束を渡すのについて行くなんて……」

「だからさ、男ひとりじゃ行きづらい場所なんだよ」

菜穂の抗議めいた口調に、優矢はとっさに言い訳めいた言葉を口にした。どこに行くのかは明かさない。

「まあ、乗ってよ」

優矢は助手席のドアを開けると、戸惑いを隠そうとしない菜穂を座席に押しこんだ。

「なんだか、今日の優矢くんってずいぶんと強引なのね」

助手席に乗せられた菜穂は、優矢から視線を背けるように窓のほうに顔を向けた。優矢の真意を図りかねているみたいだ。

車を走らせた先にあったのは、隣町の駅前にあるシティホテルだった。

駐車場に車を駐め、花束を抱えると、菜穂を連れてエレベーターに乗りこみ、最上階のスカイラウンジに向かった。

菜穂は口を開こうとはしなかった。まるで無言を貫くことで、花束を渡すシーンなんて見たくないと訴えているみたいだ。

ウェイターに案内されたのは、予約しておいた夜景を眺めることができる窓際の席だった。ふたりはテーブルを挟んで腰をおろした。

優矢はグラスでシャンパンを頼んだ。

フルート形のグラスが運ばれてくると、優矢は菜穂のほうにすっと差しだす真似をした。菜穂もグラスに手を伸ばす。

「誰かと待ちあわせじゃないの？」

ようやく菜穂が口を開いた。ここにいる理由が理解できないという表情だ。

「はいっ、少し早いけれど……」

優矢は花束を摑むと、それを菜穂に向かって恭しく差しだした。

「えっ……？」

「明日は菜穂の誕生日だよね。だから、一緒にお祝いをしたいと思ったんだ」

「だからって、花束って……。花屋の娘にわざわざプレゼントする？　それもわたし自身に作らせるなんて……」

菜穂は困惑を越え、呆れているような表情をみせた。

フラワーショップの娘に花束をプレゼントする。よくよく考えれば、少し間の抜けた話だ。

しかし、この作戦を考えたのは沙織たちだった。沙織の言葉が胸中に蘇る。

＜いい？　ここで重要なのは、特別な花束だって思わせることよ。菜穂さんが気になるくらいに、値段も奮発したほうがいいわね。もうひとつ、大切なのは花を指定することよ。そうね、赤い薔薇がいいわ。赤い薔薇の花言葉には、あなたを愛しますっていうのがあるのよ。だから、プロポーズのときにもよく使われるの。菜穂さんなら、花言葉はわかるはずよ。優矢くんが誰かに赤い薔薇をプレゼントするとなれば、気にならないはずがないわ＞

沙織の言葉には、いちいち説得力があった。自信たっぷりの笑みが浮かぶ。

気にかかる男が誰かに花束をプレゼントするとなれば、心を乱されないはずがない。

菜穂に改めて優矢の存在を強く意識させる。それが花束を贈るという作戦に秘められていた。

花束を作りながら、きっと菜穂は誰に贈るのかを想像したに違いない。そうでなければ、疑惑と嫉妬が入り混じったような表情をみせるはずがない。

「でも……まさか誕生日を覚えていてくれたなんて……」

「もちろんだよ。忘れっこないよ」

優矢の言葉に感激したように、菜穂は口元を指先で押さえた。瞳に浮かんでいた不審感がすぅーっと消えていく。

「今夜は一緒にいられないかな？」

「えっ、それって……」

菜穂はハッとしたように目を見開いた。

「一緒に誕生日を迎えられないかな。いや、迎えたいんだ」

そう言うと、優矢はホテルのカードキーをちらりと見せた。夕方にチェックインのために一度訪れていた。

「そっ、それって……」

カードキーを目にした菜穂の瞳がいっそう大きくなった。テーブルについた指先が小さく震えている。

彼女は動揺を隠すように目の前のグラスに手を伸ばした。

指先の震えが伝わるのか、フルート形のシャンパングラスの底から無数の泡が浮かびあがる。

「今夜は一緒にいたいんだ。なかなか気持ちを告白できなくて、ちょっと強引な誘いかたをしたのは悪かったって思ってる」

優矢はずっと言えずにいた思いを打ちあけた。

ひとりだけ暴発してしまった日からずいぶんと経ってしまったが、彼女に対する気持ちは変わっていなかった。

むしろ愛おしいと思う気持ちは、以前よりも強くなっていた。

沙織たちと身体の関係を持ちながらも、頭の中で抱いていたのは目の前の人妻ではなく、菜穂だった。

思いを込めて真っ直ぐに菜穂を見つめる。菜穂が勇気を振りしぼったホワイトデーに、逃げてしまった自分を心底情けないと思った。

失われた時間を取りもどすとしたら、いまこの瞬間しかない。

「まっ、優矢くんたら……もうっ……」

「なっ、菜穂……」

「わたしたちって本当に似てるのね。不器用で……自分の気持ちを上手く伝えられなくて……」

菜穂は優矢の真情を受けとめるように小さく頷くと、テーブルの上に置いた右手をすっと伸ばした。

それは彼女なりのサインなのだろう。優矢はその手に自らの手を重ねた。手のひらにしっとりとした手の甲の温もりを感じる。

この場で菜穂を強く抱きしめたくなる。突きあげる思いを、優矢は必死で押しとどめた。

ラウンジを立つと伝票にサインをし、客室へと向かった。客室は最上階のラウンジよりも下にある。

エレベーターに乗りこむと、菜穂がそっと身体を寄せてきた。控えめな彼女らしい表現に心が熱くなる。

客室のドアにカードキーを差しこむと、そこはふたりだけの空間に変わった。

部屋にはダブルサイズのベッドが設(しつら)えてある。菜穂はベッドに気づくと、慌てたように視線を逸らした。

「上着、かけたほうがいいわね」

菜穂はジャケットを脱ぐと、優矢が着ていたスーツの上着もハンガーにかけた。

男では気が回らない、細かいところに気がつくところが女を感じさせる。甲斐甲斐しく世話を焼く仕草は、まるで新妻みたいだ。

ダブルサイズのベッドに腰をおろした優矢は、菜穂のウエストの辺りを引きよせた。バランスを崩した彼女がベッドによろけるように尻をつく。

優矢は彼女に覆いかぶさるように身体を近づけた。ベッドに腰を沈めた彼女と視線が重なる。

菜穂はいいわというように、まぶたをそっと伏せた。

ソメイヨシノから八重桜のような色合いへと変わる、アイシャドウで彩られたまぶたは花びらみたいだ。彼女は目元を、肢体を小さく震わせている。

少女のような無垢な反応がたまらない。優矢はチューリップのようなピンクのルージュを引いた唇にキスをした。

人妻たちは自分から積極的に舌を伸ばし、絡めてきたが、菜穂は違った。どうすればいいのかわからないというように、身体を頑なにしている。

ホワイトデーの日の幼いキスの感覚がまざまざと蘇ってくる。

唇を重ねるだけのキスに、あの日から時間が止まっていたような錯覚を覚えてしまう。

優矢はわずかに口を開くと舌を伸ばした。怯えるみたいに閉じあわせた彼女の唇をゆっくりと舐めまわす。

彼女はなかなか唇を開こうとはしない。

焦れったくなった優矢は、ふくらみきらない蕾のような唇の合わせ目に舌先をきゅっと忍びこませた。

「あっ……」

菜穂は小さな声をあげると、反らした喉元を上下させた。肉体の昂りよりも緊張感が彼女の小柄な身体を支配している。そんなふうに感じた。

彼女の強ばりを解きほぐすみたいに、唇の内側の粘膜に、綺麗な歯並びの前歯に、舌先をゆるゆると絡みつかせる。

「はあっ……」

心細げにだらりと投げだしていた菜穂の両手が、優矢の背中へと回った。抱きしめるというよりも、縋りつくという儚げな感じが男心をいざなう。

喉の奥に隠れている舌先を捕まえると、少し力を込めるようにして引きずりだす。

「あっ、あーんっ……」

菜穂は切なげに身をよじった。優矢はゆるりと舌を巻きつける。牡の衝動を感じさせる口づけに、彼女の息遣いは乱れるばかりだ。

思いの丈をぶつけるように舌先を絡めると、ようやく彼女は自分から遠慮がちに舌を巻きつけた。ぎこちない感じの漂う舌使いだ。

優矢は彼女の舌を捕まえ、息苦しくなるほどにすすりあげた。

「はあっ……」

菜穂は苦しげに息を吐くと、ブラウスの前合わせを喘がせた。まろやかな双乳が呼吸と同調するみたいに揺れる。

優矢は右手で乳房を鷲掴みにした。あのホワイトデーの日に、手のひらに焼きついた感触よりもひと回りほど成長している。

むっちりとした弾力は巨大なわらび餅みたいだ。食いこませた指先を押しかえしてくる。

「……わっ、わたし……」

「えっ、なに……？」

「わたし……まだ……なの……」

「まだって……？」

「いやだっ……恥ずかしいけど……まだなの……まだ……経験がないの……」

「経験って……まさか？」

「まさかとか……言わないで……。だって……優矢くんとは……アレっきりになっちゃったし……。だからって、好きになれる男(ひと)なんて……いなかったし……」

菜穂は声を潜めた。二十七歳の女にとって性的な経験がないというのは、声高に誇れることではないらしい。

それどころか、優矢が逃げかえった日のことが、彼女の中ではトラウマになっていたのかも知れない。

あの日に感じた乳房のふくらみを、誰にも与えなかった菜穂のことがいじらしく思えた。

同時に自分の不甲斐なさをとことん思い知らされた気がした。

「ごっ、ごめん……僕っ……」

沙織たちと肉欲を貪っていたときも、菜穂は純潔を守りとおしてきたのだ。自分を張りたおしたいような衝動に駆られてしまう。

「ごめんだなんて……そんなの……」

地元に戻ってから優矢がしてきたことを、菜穂が知る由もない。彼女の労り(いたわ)の言葉が胸に突きささる。

優矢はもう一度唇を重ねた。彼女のブラウスのボタンに手をかけると、ひとつずつ外していく。

処女(ヴァージン)だと知ると、壊れやすいビスクドールみたいに思えてしまう。少しでも手荒に扱ったら、脆く崩れてしまいそうな繊細さを感じた。

ブラウスの前合わせボタンがふたつ外れると、胸元の丘陵が現れた。ボタンが三つ外れたところで、乳房の谷間にかかる橋梁みたいなブラジャーがのぞいた。

ブラジャーは北の地に降る雪よりも白く、まるで汚れていない彼女自身のようだ。左右のカップ繋ぐブリッジの部分には、小さなリボンが縫いつけられている。

優矢ははだけたブラウスの前合わせに頬を寄せた。

極上の磁器のようにすべらかな肌の感触が頬に心地よい。それだけでも陶然となってしまいそうだ。

焦っていけないと思っても、気が急くのは抑えがたい。少しでも早く乳房の谷間に顔をすっぽりと埋めたくなる。

優矢はブラウスの裾をスカートから引きだそうとした。

「あーんっ……まっ……待ってえっ……」

「えっ……どうしたの？」

「シャッ……シャワーを……シャワーを浴びさせて……」

菜穂は恥じらいを露わにして、胸元で両手を交差させた。深く刻まれた谷間を揺さぶりながら囁く。

「いいよ……そんなの……シャワーなんて……」

「だって……ぜんぶ……見られちゃうんでしょう……。だったら……見られても……恥ずかしく……恥ずかしく……ないようにしたいの……」

菜穂は肢体をくねらせた。

九年前は、情事の前にはシャワーを浴びるというところまで思いが回らなかったようだ。

経験がなくても、女の心身は成長するものらしい。

「ねっ……お願いだから……」

優矢に向ける彼女の眼差しは真剣だった。ここで頑なに拒めば、彼女は心を閉ざしてしまうかも知れない。

抱きしめる手を緩めると、彼女は腕の中からすり抜けた。ふらつくような足取りでバスルームへと駆けこんでいく。

ほどなくして水音が響いてきた。

優矢は冷蔵庫を開けるとビールを取りだした。菜穂の裸身を妄想しただけで、下半身に血液が集中する。

欲望に逸る気持ちを抑えるように、ビールを喉に流しこむ。

焦れているほど、時間の流れが遅々として感じる。バスルームからはかすかなシャワーの水音が、途切れることなく洩れきこえてくる。

菜穂はどうしているのだろう。

そう思うと、冷静ではいられなくなる。少しでも早くその肢体を抱きしめたくてたまらなくなる。

これほどに時間が長く感じられたことは、生涯なかったかも知れない。優矢は身に着けていた衣服を忙しなく脱ぎすてると、全裸でバスルームへと向かった。

扉の向こうからはシャワーの水音が聞こえてくる。優矢はバスルームの扉を開けた。

バスルームはユニットタイプだ。

シャワーの音は、アイボリーのシャワーカーテンの向こうから聞こえてくる。優矢はカーテンを引いた。

ザザッという音とともに、菜穂が、

「きゃぁっ……」

と短い悲鳴をあげた。

長い髪の毛をシャワーキャップで包み、降りそそぐシャワーを浴びる彼女は一糸まとわぬ姿だった。

ぷりっとした真ん丸いヒップが目に飛びこんでくる。

「やっ、やあんっ……」

彼女は驚いたように、こんもりと隆起した胸元に手をやった。

素肌に触れた湯水が丸い粒状になって流れおちていく。童顔の彼女に相応しい、素肌の瑞々しさが伝わっている。

優矢もなにひとつまとっていない姿だ。そのままけっして広くはないバスタブに突入する。

優矢の上にも湯の雨が降りそそいだ。

間接照明の室内とは違い、バスルームは煌々と照明が灯っている。肌のきめのひとつひとつまでもが、あからさまに照らされていた。

シャワーキャップからこぼれた、濡れた後れ毛がセクシーだ。

「やだっ……せっかちなんだから……」

彼女は肢体をなよやかに揺さぶりながら、困惑の視線を向けた。しかし、その眼差しは優矢の体軀をちらりと盗み見た。

優矢の下半身は、すでに青黒い血管をくっきりと浮きあがらせていた。麗しい獲物を見つけた男蛇は、鎌首をあげて臨戦態勢に入っている。

菜穂は気まずさを逃がすように、屹立に注いだ視線をすっと泳がせた。

「そうだよ。せっかちにもなるよ。ずっとずっと菜穂のことばっかり、考えてたんだから」

その言葉に嘘偽りはなかった。沙織たちとの情事の合間にも、何度菜穂のことが頭をよぎったかわからない。

「だから、あんまり焦らさないでくれよ。今日だって、用事があるって断られたらどうしようって考えてたんだ」

「まっ、優矢くん……そんなふうに……思ってたの……」

優矢は昨日電話をかけてから、ずっと不安だったことを隠さず口にした。

その言葉に、菜穂は眉尻をさげる。いまにも泣きだしてしまいそうな表情だ。

豪勢な花束を頼んだはいいが、菜穂の都合は一切聞いてはいなかった。

＜サプライズのほうが、女は感激する＞

というのが沙織のアドバイスだったが、ある意味それはギャンブルみたいなものだ。

袖にされたときには見栄を張った花束を肴(さかな)に、リザーブしたこの部屋でひとりヤケ酒を呷(あお)る覚悟もしていた。

「だっ、だから……」

優矢は菜穂のほうへと歩みよった。もろにシャワーの湯水がかかる。だが、そんなことは少しも気にかからなかった。

吹きかかる水滴を弾くような張りを見せる乳房に手を伸ばす。

鎖骨の下から優美なラインを描いて隆起したふくらみは、食いこむ指先が戸惑うほどむっちりとした弾力に満ちている。

「ああっ、菜穂……」

優矢は感慨ぶかげな声を洩らした。なんどこのふくらみを脳裏に描いて、自慰に耽ったかわからない。

まだまだ熟しきらない青さを残した果実のようだった乳房は、触れることもできない間にすっかり成熟していた。

広くはないバスタブの中で身体を密着させる。身長百五十センチ台前半と小柄な菜穂とは、二十センチほどの身長差がある。

優矢は右手でシャワーの栓を閉めた。ふたりの頭上から落ちていた雨が止む。

菜穂は緊張からか不規則なリズムで吐息を洩らしている。優矢は彼女の顎先を摑むと、くっと引きあげた。

口づけの予感に、菜穂はまぶたを伏せた。綺麗なカールを描く長いまつ毛に惚れ惚れとしてしまう。

しかし、優矢をもっと惹きよせたのは小さめで可愛らしい唇だった。優矢は上半身を倒すと、彼女の口元に唇を重ねる。

彼女はうっすらと唇を開いていた。ふにゅりとした唇の感触を味わいながら、ゆっくりと舌先を差し入れる。

ちゅぷっ。ちゅるるっ……。湿った舌先同士が絡みあう。

密閉されたバスルームの中に、唇や舌先が奏でる淫靡な音が響いた。うなじやこめかみ辺りにじぃんと響く音だ。

お互いに呼吸をするのも暫し忘れたかのように、互いの口内の粘膜を貪りあう。

「ああんっ……」

息苦しさに先に音をあげたのは、菜穂だった。キスに酔ったみたいに足元がふらついている。

足元がおぼつかなくなった彼女の背中を、バスタブの壁に押しつけるようにして支える。

優矢は中腰になると、菜穂の胸元に唇を寄せた。

いきなり荒っぽく吸いつくようなことはしない。そんなことをしたら、貞操を大切に守ってきた彼女を傷つけてしまいそうだ。

極上の佐藤錦のような色合いの乳房の頂点は、優矢の息が軽くかかっただけでも驚いたようにきゅんっと震えた。

息の熱っぽさに呼応するみたいに、見る間につきゅっと硬く尖りたっていく。練乳みたいに白い乳丘には、血管がうっすらと透けて見えた。

それが彼女はお人形さんではなく、身体の隅々にまで熱い血液が行きわたる生身の女だということを表しているみたいに思えた。

優矢は熟れきった果実の表面をてろりと舐めあげた。

「ああんっ……」

ソフトな刺激に、彼女ははあっと悩ましい吐息を洩らすと、半開きの唇をぱくぱくと喘がせた。

濃厚なキスにルージュの輪郭がじゅわっとぼやけている。それもセクシーに思え、優矢の心を湧きたたせた。

つぅんと硬くなった乳首は愛撫をおねだりしているみたいだ。優矢は乳輪の周囲に円を描くように舌先を這わせた。

しっとりとした柔乳と、きゅっと縮みあがった乳輪とでは質感が違う。

その違いを楽しむように、乳首を頂点にしてコンパスで円を描くみたいに、大きく小さくと舌先を遊ばせた。

「あっ……ああっ……ぬるぬるしてるっ……」

他人の舌先で舐めまわされる感覚に、菜穂は胸元を突きだした。指先と舌先では得られる快感が明らかに違う。

その心地よさを教えこむみたいに、じっくりと舐めまわす。

「はあっ……こんなの……ああっ……かっ、感じちゃうっ……たっ、立っていられなくなっちゃうっ……」

菜穂の声が甲高くなる。彼女はいっそう胸元を反らせた。もぞもぞと太腿を重ねながら肢体を揺さぶる。まるで乳首への愛撫をせがんでいるみたいだ。

優矢は唇を大きく開くと、舌先を伸ばして彼女に見せびらかすようにうねうねと動かした。

彼女の息遣いが乱れる。はあっと吐きだされる呼吸に合わせて、双の乳房が上下に弾んだ。

「ああっ……胸がぁ……おっぱいっ……ヘンになっちゃうっ……」

悩乱の吐息に、優矢は唇を大きく開くと、きゅんとしこり立った乳首に吸いついた。荒っぽく歯を立てるようなことはしない。

羽根ぼうきでそっと撫でるような、デリケートなタッチで舌先をまとわりつかせる。ねちゃっ、れろっ、れろりっ……。

繊細な舌使いだが、その奥底にねちっこさも潜んでいる。菜穂は息を弾ませるばかりだ。いよいよ足元が危うくなる。

バスタブの底はシャワーで濡れている。万が一にも足をすべらせたら大変なことになる。

優矢は彼女の肢体を支えるように、もちもちとしたヒップを左手で抱きかかえた。支えられたことで気が緩んだらしく、力んでいた菜穂の両足から少しだけ力が抜ける。その隙を狙ったように、優矢は左右の太腿の間に右手を潜りこませた。

彼女の肢体を尻に回した左手と、太腿の合わせ目に差しこんだ右手で支える格好だ。ぜえはあと弾む乳房には、しっかりと吸いついたままだ。

「ああっ……そこはっ……」

太腿の付け根に指先が到達する感覚に、菜穂は声を絞った。太腿をすり合わせようとしたが、すでに遅かった。

優矢の指先が秘密めいた部分を探りあてる。

シャワーを浴びていたのだ。ショーツの形に合わせるように整えられた、あまり濃くはない草むらは水分を帯びていた。

優矢は女裂の上に載せた指先に、ほんの少しだけ力を込めた。指先に薄いひらひらとした花びらの手触りを感じる。

指先が花びらの合わせ目に忍びこむ。

にゅるりっ……。

指先にとろっとした蜜が落ちてくる。花びらが綻びた隙間から溢れだした蜜が指先を濡らした。

「ああっ、いやっ……こんな……こんなの……」

お行儀よく閉じていた花弁の中が、甘ったるい芳香を放つ蜜液で充満していたことに驚いたのは、他ならぬ菜穂自身だった。

彼女は自身の濡れように恥辱の色を滲ませた。優矢の右手が潜りこんだ太腿を必死で閉じあわせようとする。

経験はなくても、感じれば濡れるんだ。優矢は正直にそう感じた。

自分自身もそうだった。沙織に悪戯をされたときも、トランクスの中はべたべたになっていた。

菜穂にはキスや胸元への愛撫はしたが、秘唇には触れてはいなかった。

直接的な刺激をされなくても、女蜜を溢れさせていたということは精神的にも感じていたということだ。

それが優矢を勇気づけた。すでに男らしさを蓄えたペニスが、股間でびゅくっと跳ねた。

上下する肉茎に、ちらちらとうかがい見る彼女の視線を感じる。

「恥ずかしがることなんてないよ。僕だって興奮して、こんなふうになってるんだから」

そう言うと、菜穂の指先を痛いくらいに硬くなった肉柱へと引きよせた。

「ああんっ……すごい……カチカチになってる……ほっ、骨みたいのが……入ってるみたい……硬くなってる……」

肉柱に触れた菜穂の指先が、驚いたように委縮する。しかし、それは一瞬のことだった。

彼女は怖々としながらも、肉幹に指先を食いこませた。

女の身体にはこんなにも硬くなる部分はない。どうしてというみたいに指先をまとわりつかせ、硬度と形を確かめている。

優矢は花びらの上を緩やかになぞりあげた。

指先で彼女の女蘭の形を探る。大陰唇にはうっすらと肉がついている。萼のような大陰唇からはみ出したラビアは控えめな感じだ。

深い海の底に眠る秘宝みたいな真珠が、薄い肉膜の中でひくっと震えた。

指先に蜜をたっぷりとまぶすことによって、指先がデリケートゾーンの上をなめらかに這いまわる。

「ああっ……ああんっ……」

彼女はバスルームの壁についた肢体をしなやかに揺さぶって喘いだ。花びらのあわいから溢れる蜜が少しずつ濃度を増していく。

優矢はラビアを左右にかきわけるようにして、人差し指の先で秘壺の入り口を軽やかにノックした。

ストレートな刺激に愛液がどっと滴ってくる。これだけ潤っていれば、指先くらいは抵抗なく入りそうだ。

「大丈夫だよ。怖くないから……。まずは指だよ。力を抜いて……」

優矢は乳首に吸いついたまま、上目遣いで囁いた。

慎重に指先を操る。男根を受け入れたことがないという処女壺は、その入り口さえ少し肉質が硬いように思えた。

彼女の反応を確かめながら、ミリ単位で指先を少しずつ埋めこんでいく。指先に細かく隆起した膣壁がざわざわとしがみついてくる。

「あっ……ああっ……入ってくるっ……」

菜穂は背筋を反らすと、肉柱に指先をぎゅっと食いこませた。まるでこんなにも大きいものが本当に入るのかと不安に駆られているみたいだ。

ヴァージンだと打ちあけた彼女の言葉に嘘は感じられなかった。それを一番実感したのは優矢の指先だった。

　こなれた人妻とは女壺の感触が違う。全体的に肉が熟成されきっていない感じだ。それが初々しさを醸しだしている。

　優矢は処女窟に人差し指を埋めこんだまま、親指で淫核をくりくりと刺激した。生娘とはいえ、二十七歳の身体は指先の弄いに過剰なほどに反応している。

「あぁあん……そんな……そんなとこ……いじったら……だめっ……」

　菜穂は感情の乱れをどうしていいのかわからないというみたいに、左手をDカップの乳房へ伸ばすと自らの手でまさぐった。

　ほっそりとした右手の指先は、優矢の屹立をしっかりと握りしめている。彼女の昂りが伝わってくる。

　指先の刺激だけでもこんなに感じているのだ。しっとりと柔らかな舌先で淫豆を愛したら、彼女はどうなるのだろうか。

　そんな思いがむらむらと湧きあがる。もっともっと彼女に淫らな声をあげさせたくなる。

　日頃のイメージが楚々としていればいるほど、乱れたときのギャップが男の心に響く。その落差を見たくてたまらなくなる。

名残り惜しさを感じながらも、優矢は吸いしゃぶっていた乳房から離れた。ゆっくりとバスタブの床に膝を落とす。

「まっ、優矢くん……あっ……なっ……なにっ……？」

男と女のことには不慣れな菜穂は、優矢がなにをしようとしているのかわからないようだ。不安げな眼差しで見つめてくる。

優矢は答えなかった。その代わりに男をそそり立たせる芳香を放つ草むらに顔を近づけた。

熟した牝特有の鼻腔の内部の細胞を刺激する匂いを、胸の底いっぱいに吸いこむ。牡を挑発する香りに胸がときめいた。

草むらはとろとろとした女蜜で潤っていた。草むらから透けて見える女の切れこみに舌先を差し入れる。

「あっ……やだっ……そんなの……そんなところ……だめっ……そんなこと……したら……」

「そんなことしたら、どうなるの？」

優矢は意地の悪い言葉を口にした。男と女ののっぴきならない駆けひきは、いつでも男の心を紅蓮（ぐれん）の炎で炎上させる。

「ああっ……だめっ……だめなのに……じんじん……じんじんしちゃうっ……あそこが……あそこがぁっ……」

菜穂は店先に立つ彼女とは同一人物とは思えない言葉を口走った。それでも淫らな単語は口に出さない。

いや、熟れた人妻とは違い、出せないのかも知れない。そう思うと、逆に破廉恥な言葉を聞きたくなる。

「菜穂っ、あそこってどこのことだよ……？　ちゃんと言わないとわからないよ」

「いっ、いやっ……そんなの……そんなこと……言えない……言えな……」

彼女は押しよせる恥辱に肢体を震わせた。

卑猥な言葉の応酬が彼女をさらに昂らせているのだろう。色白の肌がほんのりと紅潮している。

「ああっ、だめっ……もう……これ以上は……あっ、あそこが……」

わざとぼかした言葉が優矢を煽りたてた。

直接的な言葉は刺激的だが、それを口に出せずに身悶える女の姿もまた男心に訴えかける。

それが片思いをしつづけてきた、女の唇から発せられた言葉ならばなおさらだ。

優矢は舌先に情熱がこもるのを覚えた。舌先は肉蕾のありかをとうに確かめていた。薄い肉膜越しでも充血して大きさを増しているのをはっきりと感じる。

舌先に意識を集中させて、敏感に尖りたった淫らな蕾をつっつっと愛撫する。

「ああんっ……いやあっ……もっ、もう……立っていられなくなる……どうか……どうにか……なっちゃうっ……クッ、クリちゃんがぁ……」

菜穂は普段の彼女が絶対に口にしない単語を口走った。その声は聞きとれないくらいに渇いていた。

がっ、がくんと彼女が身体を震わせた。

「はああっ……はぁっ……ああっ……もうっ……許してえっ……」

ぽっきりと折れそうなほどにしなった喉元から、彼女の悦びの深さが伝わってくる。

優矢は膝をぶるぶると戦慄させる菜穂の身体を支えた。彼女は優矢に支えられたまま、ゆっくりとバスタブの中に崩れおちた。

「こんな……こんなの……」

いつもはくっきりとした瞳が印象的な菜穂は、半目で優矢を見つめた。その瞳は彼女が骨ばっていると言った下半身に注がれている。

彼女の口元がなにかを訴えるみたいに蠢く。言葉にはならない声だ。だが、その声は優矢の心には響いた。

　優矢が再び立ち上がると、菜穂はいきり勃ったペニスにしゃぶりついてきた。まるでクンニリングスへの「お返し」と言っているようなぎこちない愛撫だ。

　ホワイトデーの記憶が蘇ってくる。彼女はお返しのペンダントの「お返し」だと唇を重ねてきた。

　ちろっ、ちろりっ。

　菜穂は目の前のそそり勃つ肉柱を伸ばした舌先で舐めまわした。口唇奉仕でイッた余韻で、まだ身体に力が入らないみたいだ。

　ちゅっ、ちゅぷっ、ちゅるっ……。舌先が奏でる音が耳に心地よい。

　沙織たちのように生々しさを感じさせない、遠慮がちなフェラが興奮剤みたいに下半身を熱くさせる。

　優矢は彼女の右手首を摑んだ。彼女は意外そうな表情を浮かべた。

「もう、いいよ。それよりも……欲しい。菜穂が欲しい……」

　その言葉に、菜穂は身体を強ばらせた。大きく見開いた瞳に、彼女の胸の揺らぎが現れている。

　それでも彼女は首を横に振ろうとはしなかった。その代わりに覚悟を決めたように小さく頷いた。

バスタブに膝をついた菜穂の肢体を抱きよせ、立ちあがらせる。バスルームに備えつけられていた大ぶりなバスタオルで、小柄な彼女の肢体をくるんだ。

菜穂はされるがままになっていた。まるですべてを委(ゆだ)ねると言っているみたいだ。

優矢は彼女を抱きかかえると、ベッドへと進んだ。

ダブルサイズのベッドを上品に見せている布団を剝ぎとる。真っ白いシーツが彼女の純潔と重なる。

優矢は彼女を仰向けに押したおすと、その身体に馬乗りになった。

「怖い？」

その問いに、菜穂は小さく首を振った。

「ううん、優矢くんだから……」

健気(けなげ)な言葉を口にしながらも、その肩先はわずかに震えている。

無意識に喉が鳴るのを覚えた。

優矢は膝立ちになると、菜穂の両の太腿を掲げもった。

眼前に女の花園が広がる。うっすらと恥毛で覆われた大陰唇はふっくらとして、見るからに柔らかそうだ。

ひらひらとした花弁の合わせ目からはねっとりとした蜜が溢れ、ぬらぬらとぬめ光っている。

「いっ、挿れるよっ」

優矢の声もうわずっていた。鬱血した女の割れ目の中心に、逞しさを漲らせたものをあてがう。

もう躊躇いは必要なかった。優矢は尾てい骨の辺りに力を蓄えると、ゆっくりと腰を前に突きだした。

「あっ……ああっ……」

菜穂は眉間に皺を刻み、喉を絞った。それでも逃げようとはしなかった。苦痛に耐えるみたいに、前傾姿勢になった優矢の首に手を回す。

「くうっ……」

頑なな肉を少しずつじわじわと押しひろげる感覚。優矢も声を洩らした。

膣の入り口が、男根の侵入に怯えるように張りつめる。

「ひっ、はあっ……」

菜穂が苦悶の声で喘ぐ。繊細な処女膜は伸びきったゴム紐のように限界点を越えると、ぷちんと爆ぜた。少しだけ牝肉の抵抗が弱くなる。

じわじわと腰を押しすすめると、ペニスが女の潤みの中に飲みこまれていく。ぬめ返る柔肉が怒張にうねうねと絡みついてくる。

「なっ、菜穂っ……」

「はあっ、はっ……優矢くん……優矢くんが……入ってくるぅっ……」

「すごいよ……菜穂のぐちゅぐちゅで気持ちがいいっ……」

「ああんっ……やっ、やっと……優矢くんと……一緒に……ひとつに、……なれた……」

ふたりは互いの名前を呼びながら、身体の一部が溶けあうような感覚に感嘆の声を洩らした。

時計の針が十一時を回る頃をすぎても「茉莉花」の店内には灯りが点っていた。入り口の鍵はかかっている。

カウンター内には沙織。カウンター席には百合絵と雛子がいた。三人の前にはグラスに入ったシェリー酒が並んでいた。

「いまごろ、優矢くんたちはよろしくヤッてるのかしら？」

百合絵がグラスに口をつけながら愚痴っぽく呟く。

「あらあら、妬いてるの？　告白のアドバイスをしたのは、わたしたちなのよ」

カウンターの中から沙織が返すと、雛子が眉間に皺を寄せて頬をふくらませた。

「もう、臍を曲げないの。だいたい、エッチの最中に好きなんて本気で言っちゃう人妻（おんな）は、重たいって敬遠されるのよ」

「だって、優矢くんってイイ感じだったの。ガツガツしていないのに、ツボを押さえてるっていうのかしら……。アレのサイズや硬さもちょうどよかったのにぃ」

雛子がもったいなさげに言う。

「そうねえ、確かにイイ子だったのよね。身元は確実だし、ヘンにぐいぐいこないし。エッチはエッチで大事だけれど、家庭を壊す気なんてないのよね。だから、ああいうタイプは貴重なのよ」

百合絵も賛同した。

「あっ、だけど……」

「だけど、ってなに？」

思いだしたような百合絵の言葉に、沙織が疑問を投げかけた。

「うちはまだまだＬＥＤに替えてる途中なのよ。だから、寂しくなったらまた取り替えついでに、楽しませてもらおうかなって？」

「百合絵さんったら……」

人妻とは思えないほどあっけらかんとした百合絵の言葉に、沙織は呆れたように言った。

「それっていいかも……。たまには、優矢くんを借りてもいいわよね」

「まったく、雛子さんまで」

嬉しそうな雛子の言葉に、沙織はため息をついた。

「沙織さんだって本当は寂しいんじゃないの。バレたらだめだけど、バレなかったらセーフだったんじゃなかった？」

百合絵の言葉に、沙織と雛子が顔を見合わせた。

「そうよね、たまには優矢くんを借りちゃおうかしらね。ああ、今夜は少し飲みたい気分だわ。カクテルを作るけど、呑む？」

少し自嘲気味な沙織の言葉に、ふたりは顔を見あわせると真顔で頷いた。

沙織はシェーカーにブランデーを注ぐと、グリーンペパーミントリキュールを注いだ。

８の字を描くように慣れた手つきでシェイクすると、逆円錐形のグラスに緑がかった液体をなみなみと注ぐ。

「これって、なんていうカクテルなんですか？」

目の前に差しだされたカクテルを興味深げに雛子が見つめる。

「スティンガーの応用でね。デビルっていうのよ」

沙織が答える。ブランデーをベースにさらにリキュールを加えている。色は綺麗だが、かなり強いカクテルだ。

「あら、悪魔って意味じゃない。人妻なのにイケないことばっかり考えてる、わたしたちにお似合いかしら？」

小百合がけらけらと愉快そうに笑った。

「あら、例えるならせめて小悪魔くらいにして欲しいわね」

沙織はふふっと笑うと、グラスを差しだした。ふたりもグラスを掲げて、薄い縁を重ねる。

カクテルグラスが奏でるチィンという音とともに、三人の人妻のふくみ笑いが店内に響いた。


（了）

●読者の皆様へ

竹書房ラブロマン文庫をご購読いただき、誠にありがとうございます。

読後の感想等お気づきの点などございましたら、おはがきにてお寄せください。おはがきをお寄せいただいた方の中から、抽選で10名様に、プレゼントを贈呈させていただきます。

発表は発送を以て代えさせていただきます。

皆様の率直なご意見を、お待ちしております。

なお、ご応募いただいた方の個人情報を、本件以外の目的で利用することはございません。
※本作品はフィクションです。作品内に登場する団体、人物、地域等は実在のものとは関係ありません。

地元は人妻ハーレム

〈書き下ろし長編官能小説〉

平成29年4月17日初版第一刷発行

著者……………………………………………鷹澤フブキ

デザイン…………………… 小林こうじ（so what.inc）

発行人……………………………………………後藤明信
発行所………………………………………株式会社竹書房
〒102-0072　東京都千代田区飯田橋2－7－3
電　話：03-3264-1576（代表）
03-3234-6301（編集）
竹書房ホームページ　http://www.takeshobo.co.jp
印刷所……………………………中央精版印刷株式会社

定価はカバーに表示してあります。

乱丁・落丁の場合は当社までお問い合わせ下さい。

ISBN978-4-8019-1056-0 C0193